KB260261

가슴 속의 비장을 풀고

가슴 속의 빗장을 풀고

초판 1쇄 인쇄 | 2003년 11월 14일
초판 1쇄 발행 | 2003년 11월 20일
　　2쇄 발행 | 2011년 10월 11일

지 은 이 | 정복진
펴 낸 이 | 임종대
펴 낸 곳 | 미래문화사
출판등록 | 1976년 10월 19일　제3-44호

주　　　소 | 140-120 서울시 용산구 효창동 5-421호
전자우편 | miraebooks@korea.com
　　　　　mirae715@hanmail.net
　　　　　mrbooks@mrbooks.co.kr
전화번호 | 02-715-4507,　02-713-6647
팩　　　스 | 02-713-4805

ⓒ2003, 미래문화사
ISBN 89-7299-267-4　03810

* 잘못된 책은 바꾸어 드립니다.
* 책값은 뒷표지에 있습니다.
www.mrbooks.co.kr

정복진 수상집

가슴 속의 빗장을 풀고

미래문화사

사람은 누구나
마음 속에 키우는 꿈이 있습니다.
제게도 있습니다.
그래서 그 꿈을 이루고자
늘 제 자신의 발전을 추구해 왔습니다.

이제 제 자신을 성찰하고,
작은 하나라도 배워서
한 걸음 더 앞으로 나아가는
전기轉機를 마련하고자
그간 틈틈이 써 두었던 글들을
한 권의 책으로 묶었습니다.
스스로 옷을 벗어 나신裸身을 보여드리는
용기가 필요했습니다.

사진으로 본 자취

▲ 「민주」는 자신을 향유하도록 허락함에 참으로 많은 것을 요구했다. 우리는 젊은이들의 생명과 붉은 피와 →
에서, 산업현장에서, 학교에서 저마다 국가 발전을 위해 전력투구해야 할 시점에 싸우고 부수는 소모적 정쟁만

눈물을 바쳐야 했다. 많은 사람들이 구금되어 자유를 잃었으며 생업을 포기하고 거리로 나서야 했다. 국회 계속했다. 나 역시 정치 지망생이어서 필연적으로 그 한복판으로 뛰어들 수밖에 없었다. (필자 원내)

◀ 김대중 선생은 무려 50여회 넘게 연금생활을 거듭했다. 그때마다 가슴에 쌓이는 울분을 명상과 사색으로 이겨냈다. 85년 무렵, 답답한 심회를 풀고자 미사리로 산책을 나섰을 때 (좌에서 세 번째가 필자)

아시아태평양평화재단(아태재단)은 ▶ 1993년 12월에 한반도 평화통일과 아시아 민주화 및 세계 평화에 관한 이론과 정책을 연구개발하기 위해서 설립된 재단법인체다. 중앙위원으로 임명되어 당시 김대중 이사장으로부터 임명장을 받았다.

▲ 1990. 6. 4. 당시 평민당 총재였던 김대중 선생은 노태우 씨의 민정당, 김영삼 씨의 민주당, 김종필 씨의 공화당 3당이 기습적으로 합당하는 회오리가 지나간 뒤 농촌 민심도 살필 겸 용인으로 농촌일손 돕기에 나섰다. 이 행사가 있기 며칠 전인 5월 28일에는 학원가를 시끄럽게 하던 전교조가 마침내 결성되었다. (김 총재 옆 핸드마이크를 든 사람이 필자)

▲ 2001. 7. 16. 한국자원관리공사에 근무하면서 동시에 국정자문위원으로 활동했다.
김대중 대통령이 국정자문위원들회의 겸 오찬을 마련하여 만나는 기회를 가졌다.

◀ 1995년 서울시의회에 진출 첫 의정활동을 시작했다. 나는 시민을 위하는 일이라면 정열을
다바쳐 아주 의욕적으로 일했다. 시행정의 전반적인 방향을 모색하고, 문제점과 개선점은
무엇인지, 관련기관과 단체를 방문하여 현황을 파악하고 이를 근거로 조목조목 따지고
대안을 제시했다. 그 결과 불합리하게 계속 발행되던 상수도 채권을 폐지시키고, 하수도
공사의 비리를 밝혀 시민의 혈세를 보전했다.

11명의 동료의원들과 함께 중남미 국가들을 방문하여
그곳 지자체의 운영실태를 파악, 서울시 행정에 반영했다.
▼　▼▶

▲ 페루 리마시 의회에서 브리핑이 끝난 후 간담회를 갖었다.

▲ 멕시

▲ 연수단 일행이 페루 리마시 의회를 방문

▲ 시의회에서 집무중인 필자

◀ Federal Diposit Insurance Corporation(FDIC) 미국연방 예금공사를 방문한 연수생 일행

◀ 2000년 5월
한국자산관리공사에서
근무할 때 선진국의
부실채권정리기법을
익히기 위하여
관련부서 임직원
20여 명과 함께
미국의 부실채권정리
전문회사인
S & P, FDIC, Amresco사
방문,
◀ 그들로부터 브리핑을 받고
▼ 기념품을 전달했다.

▲ Standard & Poor's(S & P)사 방문

▲ Amresco사 방문

한국자산관리공사(KAMCO)에서 ▶
근무하는 동안 많은 것을 배웠다.
일반 행정 업무도 그렇고
세계 경제에 대해서 공부하는
유익한 시간이었다.
또 조직관리, 그 중에서도
노조와의 관계를 재정립하고
몸으로 부딪치며 원만하게 이끌었다.
사진은 국정감사에서
감사를 받고 있는 필자.

가슴 속의 빗장을 풀고

꿈과 이상의 정점에 오르고자

사람은 누구나 마음 속에 품은 이상과 꿈이 있습니다.

그리고 그것을 실현하기 위해서 건강을 다지고, 지식을 쌓으며, 사람들과 좋은 교분을 맺습니다. 이런 것들은 삶의 한 과정이기도 하지만 훗날 이상과 꿈의 실현을 위한 기초설비요, 투자이기도 합니다. 때문에 매사를 소홀히 해서는 아니 되므로 삶이 저절로 진솔해지고 경건해집니다.

나는 이런 생각으로 지금까지 살아왔습니다.

나의 이상과 꿈은 누구로부터나 인정 받는 훌륭한 정치인이 되는 것입니다.

내가 정치에 뜻을 둔 것은 고 박정희 전 대통령이 정치를 유신으로 몰고가던 때였습니다. 그는 집권초기에는 강력한 카리스마로 가난한 국민들에게 희망을 주었으나 점차 '나 아니

면 안 된다.'는 아집과 권력욕에 빠져, 대한민국의 역사를 혼
자 차지하려는 만용을 부렸습니다. 그런 그의 독재는 많은 사
람들에게 참으로 큰 고통을 주었습니다.

그때 나는 알았습니다.

정치란 잘 하면 좋지만 잘 못하면 그 영향력 안에 있는 모
든 사람이 불행해진다는 것을. 당시 나는 한창 혈기방장한 젊
은 시절이어서 강한 저항심과 새로운 정치에 대한 강한 유혹
을 동시에 받았습니다.

때마침 1971년, 제7대 대통령선거가 있던 시점이어서 당시
김대중 대통령 후보의 유세장에 갔다가 그 분의 포로가 되었
습니다. 그 분에게는 미래를 내다보는 안목과 말씀 한마디한
마디에 강한 흡인력이 있었습니다. 그래서 그 분의 문하에 입
문했습니다.

나는 정치를 몸으로 배웠습니다.

의협심과 열정이 내 양식이었습니다.

해서, 항상 투쟁현장에서는 최일선에 서서 터지는 최루탄에 눈물도 흘렸고, 갈비뼈가 부러지는 중상으로 몇 달씩 병원신세도 져야했습니다.

그러나 내 의지는 지금도 눈밭의 대나무처럼 푸르고 싱싱합니다. 그때 그 열정도 그대로 살아 있습니다. 그간 정치의 속성이 무엇이며 어떻게 해야 하는지, 조직의 생리는 무엇이며 어떻게 활용해야 하는지, 문제에 봉착했을 때는 어떻게 풀어내야 하는지도 익혔습니다.

작금의 정치현실을 보노라면 현기증이 납니다.

대통령이 당적을 포기하더니 여당이 분당하는 헌정사상 초유의 사태가 벌어졌습니다. 국회에서는 개혁과 보수가 첨예하게 대립하여 산적한 현안은 서랍 속에 모셔두고 이념투쟁만 하고 있습니다.

이라크에 파병하는 문제도 그렇습니다.

미국의 떳떳치 못한 전쟁놀음에 뚝배기 쓰고 따라갈 수 없다는 국가의 자존심, 그리고 국민생명보호라는 명분과, 국가이익·동맹국과의 의리지키기라는 명제가 상충하여 말 그대로 '정신없게' 하고 있습니다.

실업자 문제도 날로 심각해지고, 경제도 살아날 기미가 안보여 국민들은 큰 바위를 안고 깊은 바다 속으로 가라앉는 심정입니다. 지난 여름 태풍으로 허리가 휜 농어민들은 다가올 겨우살이 걱정에 숟가락을 들 기분마저 나지 않습니다. 헤아리자면 갖가지 어려운 문제가 장마철 추녀 끝 낙숫물처럼 끝이 없습니다.

그러나 이런 모든 문제는 풀어내야 합니다. 또 풀어 낼 수 있습니다.

다만 누가 그리하느냐 하는 명제는 남겠지만.

저는 이제 꿈과 이상의 정점을 향해 오르고자 합니다.

그 정점에 올랐을 때를 생각하여 사회의 각 분야를 살펴 두었고, 무엇보다 경제를 어떻게 풀어야 하는지, 공부 많이 했습니다. 서울시의회에서의 의정활동과 한국자산관리공사에서 당시 110조 원의 재산을 관리하면서의 실무경험이라는 든든한 자본도 얻었습니다.

이제 제게 축적된 자본을 국민을 위하여 국가에 헌납코자 합니다. 솔직히 이 책을 펴내는 목적도 여기에 있음을 숨기지

않겠습니다. 그 길이 열리기만 한다면 나는 한 마디로 '신명
을 바칠 것' 입니다.
　부끄럽지 않은 정치인!
　자랑스런 정복진이 될 것입니다.

　지금의 내가 있기까지 가르쳐 주고 이끌어 주신
　존경하는 김대중 전 대통령님,
　권노갑, 한화갑, 김옥두, 김영배 선배님과 동지 여러분,
　이 책을 만드느라 수고하신 미래문화사 임종대 사장님께 감
사드립니다.

2003년 11월
정복진

차례

다른 나라의 구조조정 *2*

생각이 머무는 곳 1

일상에서 마음과 눈을 열면
가치 있는 사물事物과 많이 만나고, 보입니다.
언뜻, 그냥 스치고 가버릴 것들도 뒤집고, 벌고, 루시하넌
사탕을 녹일 때 단물이 나듯,
칡뿌리를 씹을 때 감칠 맛이 나듯, 즐겁습니다.
나는 시간이 날 때에는 이런 일 하는 것을 즐깁니다.
한 가지 전문지식을 송곳으로 파듯 하는 것도 필요하고
생활에 지혜를 주는 것을 두루 섭렵하는 것도 필요합니다.
여기 짧게, 그리고 소박하게 쓴 글들은
이미 호남·전남 매일신문에 선을 보였었음을 밝힙니다.

방촌대감과 오성대감

세계의 역사 속에서도 높이 평가받을 만한 세종대왕을 도와 조선의 태평성세를 꽃피운 정승, 방촌 황희.

그는 도량이 크고 너그러웠다. 그래서 쇠를 녹이는 용광로와도 같이 주변 사람들을 용해鎔解시켰다.

그의 일화 하나.

하루는 한 여종이 쪼르르 달려와 다른 여종을 미주알고주알 고자질하며 버릇 좀 고쳐 달라고 하였다.

방촌은 끝까지 다 듣고는 고개를 끄덕였다.

“그래, 그건 네 말이 옳다.”

그러자 이번엔 다른 여종이 달려와 그게 아니라며 시시콜콜 변명을 했다.

“그래, 네 말도 옳다.”

옆에서 처음부터 지켜보던 부인이 쏘았다.

"두 아이 말이 다 옳다고 하시니 무슨 대답이 그리 두루뭉수리랍니까?"

그러자 또다시,

"부인 말도 옳소."

그러나 천천히 곱씹어 보면 그냥 두루뭉수리가 아니다. 저마다 나름대로 당위성이 있다. 그 당위성 하나하나를 인정해 준 것이다.

신분의 높고 낮음을 초월하여 남의 의견에 귀기울여 둥글게 융화시키는 방촌의 인품이 잘 나타나 있다.

그에게는 매일 술과 함께 기방에서 놀아나는 아들이 있었다. 점잖게 타일러도 효과가 없자 하루는 의관을 정제하고 기다렸다. 그리고는 밤늦게 만취되어 돌아오는 아들을 큰절로 맞이했다. 당황한 아들은 크게 반성하고 학문에 정진하여 대를 이어 정승이 되었다.

방촌은 백성을 다스림에 있어 덕행으로 다스리고 재주가 있는 자는 신분 여하를 가리지 않고 뽑아 소질에 맞춰 양성시켰다. 그것이 바로 인재발굴이다. 인재발굴도 아무나 하는 것이 아니다. 옥석玉石을 가릴 줄 아는 눈이 있어야 한다. 기생 소생으로 관노이던 장영실로 하여금 그 재주를 계발, 세계 최초의 우량계인 측우기 등 많은 과학 발전에 공헌하게 한 것이 좋은 예다.

방촌은 두문동(杜門洞 ; 경기도 개풍군(開豊郡) 광덕산(光德山) 기슭에 있는 땅. 고려가 망하여 유신(遺臣), 신훈(申琿), 이경(李瓊) 등 72인이 이성계에 반대하여 타 죽은 곳)에서 뽑혀 평생을 왕권 정치의 중심에서 왕실의 안녕과 민초를 위해 일했고 태평성세를 이루는데 공헌했다. 그리고 자신은 청빈하면서 90세의 천수를 다했다. 역사상 드문 현인이라 하겠다.

또, 그에 못지 않은 이가 있다. 오성대감 이항복은 특유의 해학과 기지로 피난길에 오른 선조대왕의 아픈 마음을 위로해 주고 국정을 펴는 데도 일익을 했다.

그는 1592년 임진왜란이 일어나자 선조대왕을 모시고 의주까지 갔다. 한양 수복 후에는 병조판서였는데, 장인인 권율 장군은 도원수(都元帥 ; 고려 이래 군무를 통괄하던 장수)였다.

오성이 하루는 장인에게 말했다.

"오늘 어전회의(御前會議)는 갑옷을 입고 나가셔야 되는데, 날씨가 너무 더우니 속옷만 입고 그 위에 갑옷을 두르시지요."

권율은 사위의 말대로 속옷 위에 갑옷을 두르고 어전회의에 나갔다.

회의도중 오성은 슬그머니 날씨가 너무 더우니 관모와 관복을 벗고 회의를 하자고 제의했다. 그러자 선조대왕은 신하들에게 관복을 벗으라는 명을 내렸다.

권율 장군은 속옷이 고스란히 드러나 반벌거숭이가 되었고 삽시간에 어전은 웃음바다가 되었다. 그러자 오성이 번뜩이는 기지를 발휘했다.

"전란 중임에도 모두가 비싼 비단옷을 즐기나 도원수께서는 갑옷과 관복 외에는 입을 옷이 별로 없습니다."

국란으로 모두가 고통을 겪는 와중에도 사치를 일삼는 일부 권신(權臣)들의 행각을 준엄하게 꾸짖은 것이다.

그는 당파를 초월하여 인재를 천거하고, 천거된 자로 하여금 능력을 발휘케 했다.

그는 역사의 소용돌이에서도 공과 사를 구별한 청백리였고 기치 넘치는 해학의 덕인(德人)이었다.

최근의 정치인들은 그를 다시 되새겨 보면서 국가와 민족을 위해 무엇을 할 것인지 생각해야 할 것이다. (2001. 5. 10)

고개 젓는 역사

곧 끝나게 될 드라마 '태조 왕건'은 필자로 하여금 여러 생각을 하게 한다.

이 드라마는 언뜻 후삼국의 통일을 위한 패자 부활전을 연상케 한다. 거기에 등장하는 주역들은 실제 그들 세상에 들어가서 그 인물들을 보지 못해 잘 알 수는 없지만 드라마에서나 역사적 내용으로 봐서 분명 걸물傑物들이고, 뛰어난 지도자다. 그러나 백성들은 그들 탓에 무수히 목숨을 잃는다.

전장에서 애꿎은 병졸들이 단지 통치자들의 정치적 논리 때문에 비참하게 죽어가는 것을 보노라니, 마음이 아프다. 그들은 고려와 백제가 한 민족임은 알면서도 싸우고, 산화한다. 굳이 의미를 부여하자면 통일이다. 그러나 통일을 죽음으로 산다는 것은 천만부당하다. 죽음 없이 통일하는 길은 반드시 있고, 그 길을 찾으면 된다. 그 길을 찾는 문제는 통치차의 몫이다.

드라마 속 병사들의 죽음을 보고 있노라니 필자의 어릴 적 생각이 난다.

6·25 당시 전투가 치열할 때 아들을 군에 보낸 어머니들은 정화수를 떠놓고 지성으로 기도를 했다. 그 기도문은 한결같이 '제발 전쟁이 빨리 끝나 우리 아들이 무사히 돌아오게 해주십시오.'였다. 그 간절함을 보통사람은 모른다.

TV 드라마 '태조 왕건'에서 희생된 병사들에게 돌아오는 대가는 과연 무엇인가? 겉으로 들어난 명제는 통일이었지만 그 뒤에 오는 부귀영화는 왕을 위시한 통치자들이 누렸다.

이 드라마에서 신라의 경순왕은 천년 사직을 자청해서 고려의 왕건에게 마친다. 삼국유사와 고려사에도 '신라의 일부 조정 대신들과 마의 태자가 적극 반대했으나, 대부분 신료들이나 백성들은 고려에 항복하는 것을 기뻐했다.'고 기록되어 있다. 조선 말엽, 일제가 우리 나라를 병합할 때 얼마나 많은 민중이 치열하게 저항했던가. 그러나 일본의 기록에는 '겉으로는 몇몇 신료들의 반대가 있었으나 대부분의 조야朝野가 찬성을 하고 이에 고종 왕도 기꺼이 승낙했으며 만백성이 대부분 기뻐했다.'고 되어 있다.

만약 일제의 강점시대强占時代가 조금만 더 계속되었더라면 이러한 억지 주장은 신라가 천년 사직을 고려에 기꺼이 바쳤다는 식으로 합리화되었을 지도 모른다.

또 사록史錄에는 '신라의 경순왕은 나라를 고려에 바치고 고려왕의 공주를 아내로 맞이했다.'고 되어 있다. 조선의 영친왕이 일본 왕가의 공주와 혼인한 내용과 똑같다. 아무려면 내 나라를 빼앗아간 적국의 여자가 얼마나 예뻐서 결혼까지 하겠는가? 패자는 그저 따라갈 수밖에 없었던 것이다. 역사는 승자勝者의 논리에 의해서 흘러간다.

역사는 우리에게 많은 가르침을 준다. 왜 후삼국이 일어났는가. 그것은 신라가 부정, 부패로 완전히 썩었기 때문이다. 이런 역사를 보면서 우리 현실을 생각해 보자.

지금 한국의 정치 현실도 위정자들이 모든 것을 자기 중심으로 끌고 가기 위해 민심을 교란하고 지역갈등까지 만들었다. 현재의 우리 정치권은 별별 술책으로 국민을 우롱하고 거침없이 비리를 저지르고 있다.

나라를 제대로 세우기 위해서 이제 정치권의 비리를 멈추게 할 때가 되었다. 그러나 때가 되었다고 저절로 그리 되지는 않는다. 뜻있는 사람들이 그 뜻을 바르게 모으고 실천해야 한다. 만일 그렇지 못하면 우리의 역사는 계속해서 고개를 저을 것이다. (2002. 2. 7)

거대한 시장, 중국

우리 나라의 직접투자 중심국이 미국에서 중국으로 전환되고 있다고 한다.

2001년 상반기 해외 직접투자 동향을 보면 지난 6월말까지 무려 901건에 11억 3,000만 달러였다. 이는 지난 해 같은 기간에 비해 건수와 금액이 각각 11.0%, 40.5% 감소됐다. 그러나 대 중국對 中國 투자건수와 금액은 전년 동기에 비해 각각 14%, 3.1% 증가했으며, 지난 1분기부터 중국에 대한 직접투자는 1억 3,000만 달러로 미국의 1억 2,000만 달러를 앞서기 시작해 2분기 때는 투자 규모가 2배 가까이 차이가 났다.

이는 지난 해 1분기에 미국에 대한 직접투자가 3억 1,000만 달러, 중국이 1억 7,000만 달러였던 것과는 큰 차이가 있다. 이는 세계 경제의 전반적인 침체와 미국 경제의 회복 여부에 대한 불안감, 중국 경제의 성장에 기인한 것으로 판단된다.

또, 올 상반기 투자 경향을 보면 대규모 투자보다 중·소규모 투자가 많았다. 해외 직접투자가 건당 평균 투자금액은 99년 375만 달러, 2000년 227만 달러, 올 상반기 125만 달러로 점차 축소되고 있다.

특히 중국에 대한 투자의 경우 중소기업 및 개인 투자가 건수로는 약 995건, 금액은 약 63.7%를 차지했으며, 이중 제조업에 대한 투자금액은 3억 2,900만 달러로 상반기 대 중국對中國 투자금액의 89.2%를 점유했다.

이는 중국이 우리 나라와의 지리적으로 근접해 있다는 것과 함께 정보·자금 능력이 부족한 중소기업과 중국의 저 임금 인력을 활용하고자 하는 제조업의 중국 진출이 활발하기 때문으로 분석된다.

얼마전 정호선 전 국회의원은 '북경을 다녀와서'라는 칼럼을 통하여 '16억 중국이 이제부터 용트림을 하기 시작했다.'고 했다. 이른바 CBHT 2001 행사가 바로 그것이다.

이 행사는 중국이 세계 신기술 강국이 되기 위해 해외 지도자·과학자·기술자·기업인을 초청하여 전시회, 세미나, 포럼을 개최하는 등, 외국과의 교류 및 상호 시장 진출, 상호 투자를 위한 행사다. 그리고 한중 기업협회의 실질적인 구성을 위한 협정체결도 곧 있을 것이라고 했다.

앞으로 이 협회는 정보, 기술, 인력 교류와 공동제품개발, 국제무역 합작 기업설립, 자본상호지원 및 세미나와 전시회 등을 개최하게 된다.

중국은 거대한 포부를 가지고 세계 속으로 진출을 시도하고 있다. 우리의 기업도 중국의 뜻과 맞물려 공조하는 체제가 된다면 미국이나 구라파 쪽 보다는 중국이 더욱 더 큰 시장이 될 것이다.

나는 중국에서 무역업을 하고 있는 한국인 김모씨와 E-mail로 교신을 계속하고 있다.

그 분에 의하면, '최근 중국 사람들은 남의 나라에서 좋은 식물 등을 도입하여 자기의 토양과 기후에 맞게 개발한다.' 는 것이다. 그래서 '넓고 비옥한 땅을 활용하고, 저렴한 인건비로 양산체제를 구축하여 세계와 경쟁을 시도하고 있다.' 는 것이다.

중국으로 진출한다면 우리에게는 거대한 시장이 될 것이다. 중국은 이제 시장경제를 도입하기 시작하고 있다.

중국을 다녀온 사람들에 의하면 한 번씩 갈 때마다 놀랍도록 변모하고 있다고 한다. 우리도 이제 미국이나 유럽을 떠나서 거대한 시장, 중국을 관심 있게 지켜봐야 할 것이다.

중국은 결코 관광대상국이 아닌 시장으로서의 부가가치가 있는 국가이기 때문이다. (2001. 11. 7)

반도체 기술 주고 시장 얻고

지난 10년 동안 중국은 반도체산업육성을 위해 국가 주도로 막대한 자금을 투입했다.

반도체산업 육성정책인 '908' (1991~1995년), '909' (1996~2000년) 프로젝트를 추진했다. 908프로젝트에 최소한 25억 위안(한화 4천억 원), 909프로젝트에 100억 위안(한화 1조 6천억 원)을 쓴 것으로 추정된다. 2000년까지 중국의 반도체 누계 투자액은 750억 위안(한화 12조 원)에 이른다.

백색가전용 반도체도 거의 수입에 의존한다. 지난 2000년에도 120억 달러 수준인 반도체 내수 시장 가운데 자체 충당은 10%도 안 된다. 중국은 오는 2010년까지 국내 수요 가운데 50%를 자체 충당할 계획이나 목표 달성이 의문시 된다. 현재 중국의 반도체 공정 기술은 0.35~1.5 μm에 대부분 4~6인치 웨

이퍼 라인이다.

0.25㎛공정 기술에 8인치 웨이퍼 라인은 현재 3개로 오는 2004년까지 7개가 추가로 가동될 계획이다. 화홍엔이시와 중신(中芯·SMIC), 홍리 등은 올해부터 일부 생산라인에 0.18㎛공정 기술을 도입할 계획이다.

이에 비해 한국은 하이닉스 반도체가 0.18㎛에서 곧 0.15㎛ 양산에 들어가고 올해에 0.13㎛으로 진입한다.

삼성전자는 현재 0.15㎛이 전체의 80%를 차지하고 올해에는 0.12㎛이 80%를 차지한다. 반도체는 공정 기술 몇 ㎛차이가 원가 몇 배의 차이를 가져오고 시장을 그대로 차지하느냐 아니면 투자비도 못 건지느냐를 결정한다.

국내에서는 '중국의 반도체 산업이 5년 뒤면 한국을 추월한다.'는 말이 나돌고 있으나 현실은 다르다.

외신을 보면 상하이(上海) 푸동 지구의 장강하이테크단지에 있는 '홍리반도체제조유한공사(GSMC)'가 떠오르고 있다.

홍리반도체는 지난 2000년 말경, 중국 장쩌민 주석의 아들 장멘헝과 대만 최대 포모사 그룹 회장의 아들 왕원샹이 16억 달러를 투자해 설립한 업체다.

중국의 '권력'과 대만의 '금력'이 만난 업체이다. 홍리반도체는 올해 안으로 양산에 들어간다고 발표했으나 중국 정부는 직접 개입하던 방침을 포기하고 반도체 산업 발달에 유리한 환경 조건을 만드는 것으로 방향을 바꿨다.

중국은 반도체 기업에 대해 부가가치세 17%를 6%로, 특히 반도체 설계 분야는 3%로 낮추고, 반도체 관련 기술과 생산설비 수입에 대한 관세를 면제하며, 감가상각기간 3년 적용 등의 혜택을 주기로 했다. 특히 0.25㎛ 미만의 기술로 80억 위안(1,280억 원) 이상을 투자하는 외국업체에 대해서는 생산용 원재료에 대한 관세를 면제하고 법인세 5년 면제 이후 다시 5년간 50% 감세(5면 5감반) 등의 혜택을 더 준다.

중국에게 기술을 줄 나라는 많다고 하나 현실은 다르다. 현재 세계 20대 반도체 기업 가운데 15개 기업이 중국에 들어와 있다. 그러나 모두 2~3세대 뒤쳐진 기술이다. '성의 표시' 수준이다.

일본은 원래 기술 이전에 인색하고, 대만의 기술은 세계 최고 수준과는 거리가 있다. 유럽과 미국은 정치·군사적 이유로 중국에 대한 첨단반도체 기술이전을 제한한다.

그래서 중국이 노릴 만한 곳이 한국이다. 중국은 한국의 삼성전자로부터 기술을 이전 받기 위해 "기술을 주면 시장을 주겠다."는 '기술 우물 정책'을 펴고 있다. 따라서 중국의 막대한 가전시장을 확보하는 것은 지금이 적기이다. (2001. 10)

금융위기 극복의 길

현재 우리 경제는 IMF위기라는 절망의 늪을 어렵게 탈출하고 선진 경제로의 재도약을 시도하는 매우 중차대한 시기에 놓여 있다. 하드Hard한 측면이 중점이 되었던 1차 구조조정은 무사히 끝냈지만 소프트Soft한 측면이 중점이 될 2차 구조조정의 성패 여부가 향후 우리 경제가 제2의 남미 경제를 답습하느냐 마느냐의 중대한 관건이 될 것이다.

몇몇 재벌집단의 부실경영으로 인해 다시 제2의 금융위기가 운운될 정도로 제반 경제 여건은 매우 불안하다. 지금이야말로 3년전 우리 국민 전부가 하나가 되었던 그런 마음가짐이 다시금 절실히 요구되는 시기다. 마치 마라톤 선수가 반환점을 돌아서 끝까지 완주하기 위해 다시 숨을 고르고 힘을 조절하는 그런 시기와 같다.

80년대까지 '팍스 자포니카(일본의 지배에 의한 평화)'를 구가했던 일본이 버블경제 붕괴 이후, '잃어버린 10년'으로 표현되고 있는 경제 침몰의 직접적 원인은 부실채권 처리의 실패 때문이다.

반면 최근 제2의 '팍스 아메리카(미국의 지배에 의한 평화)'를 구현하고 있는 미국의 번영은 80년대 말 금융 위기에 성공적으로 대처한 결과이다. 일본은 전형적인 재정·금융 정책을 통해 경기 회복을 꾀하면 장기적으로 부동산 가격이 회복되리라고 판단했다. 그리되면 자연히 부실채권 문제는 해소되리라는 보라빛 판단에서 부실채권 처리 문제를 민간이 주도하고 정부가 간접지원하는 방식을 택했다.

최근 일본 정부는 부실채권 처리의 실패를 공식적으로 시인하고, 정부 주도적인 대응책을 다시금 모색하고 있다.

반면 미국은 주법을 초월하는 일종의 정부 조직인 '청'의 개념으로 해석되는 RTC라는 부실채권 전담처리기구를 신설해 신속하고 적극적인 대응을 했다. 부실채권 처리의 성패가 오늘날 미·일 경제의 명암을 가른 것이라 해도 과언이 아니다.

많은 논란이 있었지만 결국 우리가 부실채권 처리를 미국식을 택한 것은 현명한 선택이었다.

지난 97년 11월, 한국자산관리공사(KAMCO)는 IMF 외환위기에서 경제 재도약을 위한 부실금융 정리 및 기업 회생이라는 시대적 사명을 위해 부실채권정리 전담기관으로 새롭게 태어났다. 인수한 부실채권의 신속한 정리만이 금융구조개혁의 첫 단추이며, 경제 회생의 밑거름이라는 신념 하나로 KAMCO는 현재까지 75조에 달하는 부실채권을 인수했다. 그 중 39조를 정리해 투입된 공적 자금의 96%를 회수, 2조가 넘는 매각 이익을 올리는 성공적인 성과를 거뒀다.

부실채권의 효율적 정리를 위한 KAMCO의 노력은 다양한 선진 금융 매각기법 도입과 해외시장 개척, 국제 협력체제 구축 및 제도 개선 등, 적극적인 관련 인프라 구축으로부터 시작됐다. 이런 노력의 결실로 KAMCO는 지난 연말 국정감사에서 수감 대상기관 중 최고의 평가를 받았다. 또 세계 금융계의 최고 권위지인 IFR ASIA로부터 '99년 가장 모범적인 구조조정 전담기관'으로 선정되어 국제적 평가를 받았다. 또한 올 8월, 62개 정부기금 운영에 대한 기획예산처 평가에서도 KAMCO가 최고의 성적을 기록했다.

그러나 이제까지의 KAMCO의 성과도 이제 막 반환점을 돌아선 '절반의 성공'에 불과하다. 향후 2차 구조조정 기간에 나머지 절반의 성공을 완수하기 위해 넘어야 할 과제가 아직 산재해 있다.

특히 KAMCO의 부실정리 과정에서 아시아 부실채권시장은 물론 세계적인 부실채권시장의 부재로 정보수집, 마케팅, 포트폴리오 구성, 투자자 발굴 등을 위해 비싼 수업료를 지불해야만 했다.

이런 제약을 적극적으로 극복하기 위해 KAMCO는 각국의 부실채권 정리기관들과 연계해 국제적인 부실채권 시장 형성에 주도적 역할을 해왔는데 이런 역할은 향후 더욱 확대되어야 할 것이다. 이제 부실자산 정리의 성공 여부는 국내 금융시장의 재정립 및 우리 경제의 재도약을 가름하는 차원의 문제가 아니다. 효율적인 부실 정리가 지연될 경우, 아시아 지역의 경제성장을 저해함은 물론, 세계적인 경제 침체로 이어질 것이다. (2000. 12. 9)

아시아 속의 한국열기

얼마 전까지만 해도 한국의 문화 수출품 중 가상 잘 알려진 품목은 '김치' 였다.

그러나 지금은 음식과 음악에서부터 눈썹 모양 만들기와 구두 모양에 이르기까지, 도쿄와 할리우드의 대중문화가 지배해왔던 아시아를 한국의 문화상품들이 온통 뒤흔들고 있다. 타이완 TV에서 한국의 TV쇼, 영화, 팝 스타들 그리고 패션 등이 김치보다 더 뜨겁고도 멋있다고 소개하면서 K-팝 밴드 SES와 신화를 칭송한 적이 있다. 타이완의 Channel-TV에서도 너무 멋진 장면이라고 극찬했다.

아직 공산주의 국가인 베트남에서는 한국 TV 드라마는 엄중히 통제되고 있다. 그러나 외부 세계의 매혹적인 모습을 보게 하는 기회의 일환으로 한국의 TV쇼를 일부 방송에서 방영하고 있으며, 인기도 점점 높아 가고 있다.

한국인의 눈물을 짜낸 연속극 '가을 동화'는 지난 해, 다이완에서 크게 히트했다. 오랫동안 아시아 유행의 본고장이었던 일본에서조차 한국 대중문화는 TV전파와 영화관을 파고들고 있다.

일본 언론 매체들은 두 나라가 올해 월드컵 축구 경기를 공동 주최함을 기점으로 서울의 것이면 무엇이든 초점을 맞추고 있다. 일본의 가장 인기 있는 레코드 회사인 'Avex'는 5인조 남성그룹 '신화'와 여성 삼인조 그룹 'SES'를 포함하여 몇몇 한국 팝 연주자들과 레코드 녹음·판매협정에 서명을 했다. 중국인들은 '항궈 러'라는 말을 곧잘 쓰는데 그 뜻은 '한국 열기'라는 뜻이다. 중국 베이징의 한 '패스트푸드' 식당으로 들어가면 TV스크린에서 한국 청소년 밴드가 노래하고 춤추는 것을 보게 된다. 한국 제품을 쌓아 놓고 있는 베이징의 비디오와 뮤직 숍의 주인은 '한국의 대중문화가 새롭고 자극적이지만, 한국인들은 아시아인이고 우리와 모습이 같기 때문에 쉽게 공감할 수 있다.'라고 말한다.

이런 현상은 상당히 뜻밖으로 받아들여진다.

최근 한국 열기가 몰아닥친 싱가포르의 한국 식당들은 인기가 점점 치솟고 있다. 또 지난 몇 개월 사이 한국 TV 드라마가 온통 인기를 모으고 있다. 한국의 오락물은 홍콩에서도 마찬가지다. 이제까지 홍콩의 영화는 격렬하고 날카로워 많은 관객을 확보, 아시아 지역에 주요 수출품이 돼 왔다.

그러나 지금 홍콩의 타블로이드 잡지들은 온통 한국 영화 배우들과 가수들의 특집물을 싣고 있다. 홍콩 서점에서도 한국 비디오 CD의 판매가 올해 약 30% 늘어났다. 이러한 현상은 아시아의 젊은이들이 한국의 노래, TV 드라마, 영화들을 범아시아 개념으로 좋아하기 때문이다.

경제 요인으로서 아시아는 1997년 혹독한 금융 위기를 겪었고, 지금은 세계적인 경제 침체와 싸우고 있기 때문에 가격면에서 경쟁력이 있어 일본산產보다 한국산이 더 유리하다.

또한 한국 영화들이 질적으로 더 좋아지고 있다는 이유 때문에도 더 인기가 높다. 철조망과 이념으로 분단돼 싸우고 있는 남·북한의 남·여 두 스파이의 사랑을 그린 영화 '쉬리'는 지난해 일본에서 놀랄 만한 성공을 거뒀다. 한국 내외에서 크게 히트한 '공동경비구역'은 세계에서 가장 중무장된 남북한간 국경선인 휴전선 마을 판문점에서 4명의 남북한 경비병들 사이에 일어나는 긴장과 우정을 그린 영화다.

한국의 최고 작품 중 하나인 '공동경비구역'은 세계적인 영화제의 심사위원들 마저 '매우 세련됐으며 재미있다.'고 평가했다. 매우 반가운 현상이다. (2000. 11)

김치를 전략산업으로

김치는 우리 나라 고유의 먹거리다.

눈이 소복이 내린 아침, 토담 아래 땅 속에 묻어둔 항아리에서 잘 익은 배추김치를 꺼내다 먹는 맛. 이 때 김치는 잘게 송송 써는 게 아니다. 꼬리부분만 한번 툭 자른 후 손으로 길게 찢어 밥숟가락 위에 얹어 먹어야 제 맛이 난다. 고춧가루를 넣지 않는 물김치도 마찬가지다.

물김치 재료는 배추도 쓰지만 잎줄기가 그대로 달린 무를 많이 쓴다. 밥상에 올릴 때는 잎줄기를 자르지 않고 세로로 길게 자른 후 젓가락이 아닌 손으로 잡고 베어 먹는다. 그때 그 아삭아삭한 맛……!

그런 김치가 이제 CODEX(약전)규격 제정으로 세계적으로도 그 우수성을 인정받고 있다. 우리의 일상에서 빠질 수 없는

‘김치’는 현재 200여종이 넘는 것으로 알려지고 있다. 그러면 우리 나라 사람은 평소 몇 종류의 김치를 먹을까. 최대 김치 전문 포탈 사이트인 김치박물관(www.kimchimuseum.com)이 국내 김치소비성향 실태를 조사한 것에 따르면 1,840명의 네티즌들이 참가해 그 중 66.6%(1,204명)가 10종류 이하의 김치를 맛보았다고 했다

1~5종류의 김치를 맛 본 경우가 34.9%(634명)로 가장 많았으며, 6~10종류의 김치를 맛보았다는 대답은 10%(173명)로 나타났다. 15종류 이상의 김치를 맛보았다는 경우는 24%(431명)였다.

이 설문조사에 의하면 한국의 김치종류는 지역별, 계절별로 분류하여 200여 종이 넘는 것으로 나타났다. 그러나 이렇게 많은 종류의 김치가 있음에도 우리 나라 사람들 중 66% 정도가 평소 먹는 김치의 종류는 불과 10여 가지를 넘지 못한다.

이 같은 결과는 지역별로 뚜렷이 구별되던 전통김치가 서울권을 중심으로 표준화, 획일화돼 가고 있기 때문이다.

이런 현상은 최근 식생활이 서구화, 간소화 되고 신세대의 김치에 대한 선호도가 떨어지기 때문에 일어난다. 또 김치를 사 먹는 가정이 늘면서 김치생산업체들이 다품종의 김치를 생산하는 것보다는 우리 나라 사람들의 표준화된 맛을 찾아 소품종의 김치를 중점 생산, 판매하는 것이 더 효율적이라는 기업전략과 맞물려 나타난 현상이다.

최근 일본의 김치제조업체들이 한국풍 김치생산을 확대하고 생산 자동화를 서두르고 있다. 맛 또한 많이 향상되있다. 거기에 한국기업간 과다경쟁과 중국산 김치의 수입증가로 한국 김치의 일본 시장 점유율이 하락세를 보이기 시작했다. 그러므로 우리는 김치의 품질유지를 위한 인증제도를 도입하고 정부차원의 김치전문연구개발(R&D) 등의 대책을 수립하는 것이 시급하다.

또 새로운 기능성 김치와 외국인 입맛에 맞는 다양한 김치의 개발을 모색할 때다. 더불어 300여종이 넘는 우리 고유의 김치 중 아직 상품화되지 않은 전통김치를 발굴, 육성해 상품화하는 노력도 필요하다.

우리의 김치가 CODEX규격제정으로 세계적으로도 그 우수성을 인정받은 것은 긍지를 가져도 좋을 것이다.

그러나 세계 속의 김치로 그리고 전통식품이며 발효·영양식품으로 명성을 날리고 있는 현 시점에 김치의 종주국에서 정작 10종류 이하의 김치만을 생산해 먹는다는 것은 반성해야 한다.

단일 음식으로 그 유래를 찾아볼 수 없을 만큼 많은 종류를 가진 김치가 세계적인 음식으로 발돋움하기 위해서는 앞으로 수행해야 할 과제가 많다. 관련 기업, 학자, 전문 요리가 등이 모두 함께 참여하여 활로를 연구·모색해야 한다.

광주를 전통식품의 미향味鄉으로

국제식품규격위원회(CODEX)에서 '김치(Kimchi)'가 일본의 '기무치'를 물리치고 국제식품규격 표준으로 최종 승인되었다. 지극히 당연한 것 같지만 일찍이 '기무치'의 세계화에 눈을 돌린 일본에 김치의 종주국 자리를 빼앗길 뻔한 것을 생각하면 아찔하다.

김치는 세계인의 입맛에 조금씩 다가가면서 자리를 잡아가고 있다. 또 김치 수출업체가 400여 개에 달하고, 해마다 김치 관련 특허등록 건수가 150건에 달하는 등, 김치의 세계화는 이미 시작되었다.

그러나 국제 공인을 받은 것을 계기로 좀더 세계적인 감각의 음식으로 키워 나가야 할 것이다.

그러기 위해서는 김치의 다양화가 필요하다.

김치는 짜고 매운 밥반찬에 불과하다는 인식으로는 세계화시키는 데 한계가 있다. 밥반찬이 아닌 영양식으로 발전시킬 필요가 있다. 또 김치와 관련된 다양한 음식의 개발이다. 이미 김치 유산균 음료가 개발되었고, 김치버거, 김치라이스버거, 김치피자 등의 패스트푸드도 시판되고 있기는 하다. 그러나 한국의 김치에 열광하는 일본인들이 김치과자, 김치샐러드, 김치카레 등도 개발한 것에 주목하여야 한다.

그리고 김치의 영양학적, 의학적 효능의 홍보가 필요하다. 김치가 성인병 예방과 암에 유효한 발효 식품이며 다이어트에 좋다는 등의 의학적 자료들을 본격적으로 뒷받침하는 연구를 꾸준히 진행하면서 동시에 홍보도 해야 한다. 김치는 시원하고, 물리지 않고, 많이 먹어도 열량이 적어 살찔 염려를 하지 않아도 되는 독특한 음식이다. 이러한 특색을 살리고 국제적인 음식으로 개발하려면 대형 김치 업체나 요리 연구가 학계의 노력만이 아니고, 고급 음식점이나 호텔의 식당 요리사들의 노력도 필요할 것이다. 서양의 고급 음식점에서 우리의 김치가 전체 요리로서 놓이는 날을 기대한다.

해마다 광주김치대축제와 남도음식문화축제 등, 국제적 행사가 첫 해에 비해 분위기가 어우러지고, 행사의 진행도 성숙되어 가고 있다. 무척 바람직한 일이다.

특히 올해에는 북한의 김치까지 등장한다고 하니 실향민들의 기대가 클 것으로 본다. 그러나 매년 느끼는 것은 참가 업체나 개인들만의 잔치라는 점이 아쉽다.

이러한 한계를 넘어 더욱 세심한 기획을 하여 관광 수입도 올려야 할 것이다.

관광 수입도 올리고 김치도 수출한다면 이것이야말로 일석다조一夕多鳥의 효과다.

이미 광주시는 김치타운 조성사업을 위해 국비 63억 원을 건의해 놓은 상태이며, 착공에 필요한 사업비 확보를 위해 노력하고 있는 것으로 알고 있다. 차제에 광주시는 이 고장을 김치 뿐 아니라 우리 고유 음식인 비빔밥, 각종 젓갈, 된장찌개, 삼계탕, 막걸리 등, 우리 고유 식품의 메카로 확실하게 자리매김을 할 때다.

또 녹차와 어성초를 이용한 식품들도 다양하게 개발한다면 전통 음식의 고장, 미향味鄕이 될 것이다. (2001. 9)

목사골, 그 화사한 이름

연분홍 매화꽃과 우아한 자태의 목련이 이 화사한 봄에 내 고향 목사골 나주를 뒤덮고 있다. 또 얼마 안 있으면 배꽃도 야산을 하얀색으로 수놓게 될 것이다.

누구에게나 고향은 아름답고 그리운 곳이지만 내 고향 나주에는 기름진 땅이 있고, 꽃과 함께 살아 숨쉬는 물이 있다. 또 흙으로 돌아간 조상이 계시고, 코흘리개 시절 서로의 무엇까지 보고 자란 친구가 있고, 동구 밖 언덕에서 보이는 나주호가 있다.

나의 가슴 속 깊숙이 맑은 샘물처럼 고여 있는 그 추억과 그리움. 이 것들은 나이 들어가는 지금의 나에게는 아픔이다.

최근 방영되고 있는 TV사극 '태조 왕건'은 내 고향 나주를 한 차원 끌어올리는 역할을 하고 있다.

나주는 원래 왕건과 견훤이 후삼국 패권을 놓고 공방전을 벌였던 정치의 중심무대였다. 이후 왕건은 나주에 머물면서 오씨 여인, 즉 장화왕후를 아내로 맞이해 고려 2대 혜종을 낳는다. 이런 인연으로 나주에는 왕건의 흔적이 여기 저기서 묻어 있다.

혜종이 태어난 마을은 용龍자를 넣어 옛 지명에서는 흥룡동興龍洞이라 했다. 왕건이 오색영롱한 무지개 떠 있는 샘가에서 여인과 인연을 맺었던 완사천은 1천년이 지난 지금도 샘물이 마르지 않는다.

어렸을 적, 고향의 넓은 들판은 나의 희망이었다.

뜨거운 여름, 논둑길을 걷노라면 우썩우썩 벼가 자라는 소리가 들리고 짙푸르게 넘쳐나는 녹색의 향연 심장을 박동치게 했다.

이런 고향의 내음을 음미하다 보면 이문구의 농촌소설 ‘관촌 수필’이 떠오른다. 마치 추억의 사진첩처럼.

농촌에서 살다가 도시로 왔기 때문에 유년기에 체험했던 농촌생활을 추억하노라면 기억나는 것 모두 한결 같이 아름답다. 그리고 고향에 대한 향수는 떠나온 것에 대한 그리움으로 가슴 저리게 한다.

고향에 대한 향수는 소중하다.

이제 이 봄과 함께 배꽃은 꽃망울을 터뜨릴 것이고, 풋풋한

4월이 가면 아카시아꽃도 필 것이다.

그 아카시아꽃이 필 때쯤에는 풋풋한 그 향기를 맡으리 한 번 다녀와야겠다. (2001. 1)

단풍은 생존의 아우성

해마다 가을은 오고, 가을이 오면 단풍은 색색으로 옷을 살아입는다. 필자는 시인도 아니요, 철학자도 아니지만 산천을 물들이는 단풍을 보면 자연이 신비롭고 아름답다는 생각을 한다.

단풍철만 되면 설악산을 비롯해 전국의 유명 산에는 가을 빛깔을 감상하려는 관광객이 줄을 잇는다. 울창하던 초록 숲이 불과 몇 주만에 일제히 울긋불긋 물드는 동안, 나무들에게 어떤 일이 벌어지고 있을까.

누구는 '겨울 추위에 살아남기 위한 나무들의 치열한 생존 프로그램이 시작했다.'고 무게가 느껴지게 말한다.

그렇다. 가을 해가 짧아지고 기온이 내려가면 나무들은 여름 내내 햇빛을 에너지로 삼아 이산화탄소와 물을 포도당으로 바꾸는 '광합성 공장光合成 工場' 의 스위치를 내린다.

나무들은 겨울이 다가오면 자신이 잎을 스스로 파괴해서 떨궈내는 것이다. 그리고 잎에 있던 영양소는 모두 아미노산, 포도당 등으로 분해해 줄기와 뿌리 쪽으로 거둬 들인다.

이 무렵이면 광합성을 일으키는 초록빛 엽록소(클로로필)가 분비량이 부쩍 많아지는 엽록소 분해 효소(클로로필라제)에 의해 모두 분해돼 버린다.

나뭇잎은 엽록소가 물러나면 엽록소에 가려져 있던 다른 색을 뿜어 새로운 색깔을 자랑한다. 이것이 단풍이다.

단풍은 초록이 빨강·노랑·주황으로 물드는 게 아니라 숨어 있던 색깔들이 드러나는 것이다. 그러니까 대부분 나뭇잎에는 초록 색소 외에 상당량의 노랑·주황 색소(카로티노이드)와 약간의 빨강색소(안토시아닌)를 지니고 있는데, 엽록소가 분해되어 없어지면 빨강·노랑·주황과 갈색이 초록색을 대신해 나뭇잎을 차지하게 되는 것이다.

여러 색소들은 나뭇잎이 햇빛을 모두 알뜰하게 빨아 들이도록 도와주는 구실을 하는 것이라니 자연의 이치는 신기하기만 하다.

그런데 우리 나라의 대표 단풍빛인 붉은 안토시아닌 색소만은 대부분 가을철에 새롭게 생성된다고 한다. 그리고 붉은 빛은 미처 줄기 쪽으로 회수되지 못한 채 잎에 남은 포도당이 화학변화를 일으켜 안토시아닌 색소가 된다고 한다. 때문에 광합성이 왕성하게 일어나 포도당이 많이 만들어지는 맑은 가을날에 안토시아닌도 많아져 붉은 단풍빛이 더욱 선명해지는 것이다.

이제 가을이다.

햇살을 모두어 잡으면 셀로판지 구겨지는 소리가 날 것 같다.

녹색의 우렁찬 함성이 조용히 잦아들자, 멀리 떨어져 있던 산이 한걸음 다가선다. 이런 때는 갈색 향기나는 커피 한 잔 들고 따뜻한 양광陽光 비껴 드는 창가에 앉아 봄식하다. 그래서 지난 먼지 묻은 시간을 맑은 바람에 헹궈내면 찌든 영혼도 맑아지리라. (2002. 9)

수해복구 지원금 올바로 쓰자

태풍 '매미(maemi)' 라는 이름은 아시아 태풍위원회 회원국인 북한이 제안한 이름이다. 그런데 그 매미는 이름처럼 낭만적이지 못했다. '매미' 가 할퀴고 간 자리는 정말 처참하다 못해 '말문이 막힘' 그 자체다.

1조 5,000억 원에 달하는 재산피해도 피해지만 많은 인명손실은 우리를 더욱 가슴 아프게 한다. 96명이 숨지고 25명이 실종됐다. 이재민도 3,300여 가구에서 8,900여 명이나 된다.

매미는 추석명절 보름달을 바다 속으로 수장시켜 나라를 컴컴하게 만들었다. 정부는 피해액 조사와 함께 추경예산을 편성키로 하는 등, 서둘러 대책마련에 들어갔다.

그러나 국민들은 손실된 금액을 그다지 크지 않게 생각할지도 모른다. 8조 원의 재산을 이 땅에서 사라지게 한 태풍

‘루사’가 한반도를 강타한 것이 불과 1년 전의 일이기 때문이다. 당시 8조 원은 국민총생산의 1.5%, 일반 회계예산의 7%에 달하는 방대한 규모였다.

과연 태풍피해의 원인은 무엇이며, 정부의 대책에는 문제가 없는가? 내년, 아니 매년 강타해 오는 태풍에 대한 대책 수립이 그렇게 어려운가? 이 같은 질문에 확실한 답변 없이는 앞으로 다가오는 재난, 재앙에 그대로 당할 수밖에 없을 것이다. 재난에 대한 최상의 대책은 재난 발생 후 복구자금을 펑펑 투입하는 것이 아니다. 자연의 변화를 사전에 원천봉쇄 할 수는 없어도 대비하는 장치는 만들어 놓아야 한다.

보도에 의하면 태풍은 매년 30여 개씩 연평균 3.1개 꼴로 우리 나라에 직·간접으로 영향을 준다고 한다.

전문가들은 지구 온난화로 태평양 해수면 온도가 상승함에 따라 앞으로는 대형 태풍이 더욱 잦을 것으로 예측하고 있다. 태풍은 자연현상이기에 천재天災라고 할 수 있다. 하지만 깊게 살펴보면 이번 피해의 대부분이 인재人災라는 의구심을 지울 수 없다. 피해의 상당 부분이 부실공사와 관리 소홀에서 비롯됐다. 따라서 책임자가 민간인이든 공무원이든 예외 없이 분명히 책임을 추궁해야 한다. 또 그 뒷처리에서도 민간인은 보상금을 타기 위해 허위로 피해사실을 부풀리고, 공무원은 관계법을 악용해 있지도 않은 공사를 시공한 것처럼 속여 예산을 빼돌렸다. '천재지변'이라고 해서 관용을 베풀어 덮어주고, '눈먼 돈'이라며 욕심을 낸다면 국기는 어찌되겠는가. 지금까지 책임추궁이 제대로 이루어지지 않아 사고가 되풀이돼 왔다.

정부는 피해 금액에 관계 없이 거의 국토 전역을 재해지역으로 지정할 방침이라 한다. 그럴 경우 지난 '루사' 때와 마찬가지로 혈세로 만들어진 천문학적인 국비가 바다와 땅 속으로 그냥 잠길 수 있다.

이러한 방대한 규모의 국고를 지원하는데 있어 당국은 반드시 재고해야 할 사안이 있다. 지원과정에서 비효율과 낭비를 방지할 수 있는 제도적 장치가 뒤따라야 한다는 것이다. 혈세의 사용에는 엄격한 기준에이 있어야 한다. 그리고 국가 정책과 예산운용은 종합적인 기준에 의해 집행돼야 한다. 태풍피해로 고통받는 재난민을 결코 나 몰라라 하자는 것이 아니라, 적어도 문제를 '형평과 선'에 맞게 집행하자는 것이다.

정부예산이 대규모로 투입될 때마다 엄청난 낭비가 있었음을 우리 모두 알고 있다. 이번 태풍 피해에 투입되는 예산에 대해서는 비리와 낭비방지를 위한 제도적 장치가 선행돼야 한다. (2003. 9. 18)

정보신문 30% 이상이 허위광고라니……

지난 2월에서 3월말까지 서울의 성동지방노동청에서 길거리 정보 신문을 대상으로 허위광고 실태를 조사한 결과 30% 이상이 허위 광고인 것으로 나타났다.

이번 조사는 길거리 정보 신문의 모집광고를 보고 구직자로 가장, 방문하여 알아보는 방법으로 이루어진 것이다.

허위 광고 유형은 다음과 같았다.

- 구인을 가장하여 물품 판매, 수강생 모집, 직업 소개, 부업 알선, 자금 모금 등을 행하는 광고.
- 구인자의 신원(업체명 또는 성명)을 표시하지 아니하는 광고.
- 구인자가 제시한 직종, 고용 형태, 근로조건 등이 응모할 때의 그것과 현저히 다른 광고.
- 광고의 중요 내용이 사실과 다른 광고.

이번 조사 결과 허위 광고가 두드러진 곳은 사무 관리직 아르바이트이었다.

기획사라는 곳은 '사채업'을 하는 곳이었으며, 출판사원 모집광고는 '유아책'을 파는 영업직이었다. 일주일 동안 교육한 다음 책을 판매하도록 하거나 아예 지원자를 대상으로 책을 판매하는 곳도 있었다.

또한 집에서 전자 상거래 관리만 해주면 된다는 광고를 보고 전화를 하면 돈 100만 원 내고 전자 상거래 사이트를 하나 받아 관리하더란다.

워드 입력 아르바이트를 한다는 곳은 회원관리라고 해서 회원 가입비 70~80만 원을 내고 워드물을 받아가서 타이핑하고 그 때마다 일정액의 수고료를 받는다고 했다.

길거리 정보신문의 광고면에는 표기해야 할 업체명과 담당자 성명도 제대로 나와 있지 않은 경우가 많았다.

정보지들은 그저 광고게재를 전화로 의뢰하면 회사에 대해 자세히 알아보지도 않고, 광고주가 말하는 그대로 싣는다. 때문에 정보지를 믿고 이용하는 구직자들이 낭패, 또는 범죄의 현장으로 끌려 들어가는 일이 많다.

구직자들은 '길거리 신문들이 다 그렇지, 시간이 아깝다.' 며 정보지 구인광고에 대해 강한 불신감을 나타내고 있었다. 그렇다. 이러한 정보지의 허위 광고는 구직자들에게 아까운 시간을 낭비하게 하고, 나이 어린 구직자에게는 사회를 불신하게 하는 시발점이 되고 있다. 상기한 사항은 서울의 성동구 일원에서 실시한 조사 결과다.

그러나 타지방이라고 예외는 아닐 것이다.

허위 광고 유형에 관한 법규 및 규정을 보면, 직업안정법 제34조 및 동법 시행령 제34조에서 허위 광고를 하거나 허위의 구인조건을 제시하는 자는 직업안정법 제47조에 의거 5년 이하의 징역 또는 2천만 원 이하의 벌금에 처하도록 규정되어 있다.

길거리 정보신문의 허위광고는 이제 막 경제활동을 시작하는 사회 초년생들에게는 사회에 대한 불신감을 안겨주고 있으며 경제활동 주체로서의 용기도 잃게 하고 있다.

이제 해당 기관에서는 이런 폐단을 종결시켜야 한다. 허위광고로 피해를 입은 구직자들도 이를 적극적으로 신고해 허위광고가 근절될 수 있도록 해야 할 것이다.

정보지 신문사들도 광고를 게재하는 업체의 실태를 완전히 파악하고 나서 지면에 실어야 할 것이다. 즉, 광고의 진위를 가리는 장치를 마련하여 허위·위장 광고를 일차적으로 걸러내야 한다. 그것은 독자들에 대한 도리요, 서비스다. (2002. 4)

한글간판이 장사 잘된다

최근 문화관광부가 조사한 결과 간판을 우리 말로 바꾼 경우 영업에 도움이 되었다는 조사 결과가 나와 관심을 끌고 있다. 매출 부진으로 고민하는 영업주들은 한번쯤 관심을 가져 볼만하다.

물론 업종마다 차이가 있겠지만 대체로 간판을 우리 말로 바꿔 달았을 경우 영업에 도움이 되었다는 것이다. 조사 결과 55.9%가 간판을 우리 말로 교체해서 매출이 증가했다고 응답한 반면 외래어로 바꾼 후 매출 성장을 보였다는 사례는 44%로 나타났다. 이 설문조사는 문화관광부가 지난 해 4월부터 9개월간 서울 7곳, 지방도시 8곳 등, 모두 17개 지역을 대상으로 조사한 것이며, 도시 번화가의 상호 1만 3천 9백여 개를 대상으로 삼았다. 조사 결과 외래어 및 한자어 간판이 81.2%

에 달한 데 비해 우리 말 간판은 8개에 1개꼴인 12.67%에 그쳤다.

이처럼 사업주들이 외래어 상호를 선호하는 것은 외래어 상호가 영업에 도움이 될 것 같다는 막연한 기대 때문이라는 분석이다. 그리고 이러한 외래어 간판의 수치는 근래 들어 급격히 늘어난 국적불명의 합성어의 증가도 한 원인으로 추정된다.

예를 들면 '헤어환타지', '만화cafe', '북토피아' 등으로 인터넷 사이트들의 영향도 큰 것으로 분석됐다.

반면 잘 지은 우리말 간판도 늘고 있으며, 이에 대한 소비자의 반응도 매우 좋았다. 웃음꼬치구이점(꼬치구이점), 가위소리(미장원), 코스닭(통닭집), 반지랑핀이랑(장신구), 먹을래사갈래(식당), 주주총회(술집) 등이 대표적인 예이고 철면피(철판구이), 지지고볶고(미용실), 버르장머리(이발소), 커피위에뿌려진노란햇살(음료), 나비야청산가자(주점) 등, 문장이나 구, 절 형태의 간판이 많아졌다는 점도 특징 중의 하나다.

문화관광부는 '외래어 사용이 영업에 도움이 될 것이라는 생각은 막연한 기대에 지나지 않는다는 사실이 드러났다.' 면서 '아름다운 우리 말 상호 보급에 조사 결과를 다양하게 활용할 계획' 이라고 밝혔다.

이렇게 소비자들의 간판의 글(文字)에 대한 취향이 바뀌면서 간판=매출이라는 개념이 서서히 뿌리 내리고 있어 우리 글이 더욱 빛을 내기 시작한 것이다.

일부 간판은 우리 글로 된 간판을 거꾸로 매달아 소비자들의 호기심을 자극하는 경우도 눈에 띄어 간판의 효용성에 대해 깊은 관심을 보이고 있다. 그러나 무엇보다 우리 말에 대해 사랑하는 마음을 더 가져야 한다. 그것은 우리 말이 아름답기 때문에 그렇고, 문화민족으로서의 주체성을 살리기 위해서 그렇다. 우리 말이 찌그러들면 우리 나라와 민족이 찌그러든다는 사실을 잊지 말아야 한다. (2002. 8)

수수께끼는 두뇌의 영양분

수수께끼는 문제를 내고 답을 알아맞히는 '말놀이'이다. 우리는 그런 수수께끼를 하나의 '말장난'으로만 여겨 왔다. 그러나 수수께끼 속에는 상당한 교육적인 가치가 있다.

재미로 그칠 것만 같은 이 놀이 속에 한 사물을 바라보고 이해한 후 다른 사물과 연결해 빚어내는 말의 묘미가 있다. 또한 그 답 역시 날카롭게 관찰한 후 갖가지 사물과 연관시키지 않으면 풀어낼 수 없는 논리를 요구한다. 그래서 두뇌회전을 원활하게 해주는 효과도 있다.

수수께끼는 절대 고정적 관념을 가지고는 풀어낼 수 없다. 때론 비논리적이고 비합리적이어야 답이 나올 때도 있다. 문제 역시 어떤 사물을 곧이곧대로 설명하는 것이 아니라 때론 애매하게, 때론 비약시켜, 때론 역설적으로 설명하므로써 문제의 핵심을 여러 방향으로 연구하는 창의력이 길러진다.

문제가 '사우디 아라비아의 교육자는?' 했을 때 답은 '하나라도 알라.' 다.

이 역시 유머감각이 없으면 수수께끼가 되지를 않는다. 따라서 수수께끼는 유머감각을 발달시켜 준다.

어느 아이가 '목욕탕에서 많이 먹을 수 있는 음식은?' 했다고 하자. 그런데 먹을 것에만 몰두하게 되면 답이 없다. 이 답은 '김' 이다. 즉, 더운 물에서 피어오르는 '김' 을 먹는 '김' 과 연관시키는 통합적인 사고를 요구한다.

또 하나, '오른 쪽 겨드랑이로 먹고 오른 쪽 옆구리로 내뱉는 것은?' 하는 문제의 답은 '일반 시내버스' 다. 이런 문제는 일상 생활 속에서의 관찰을 통하여 얻어질 수 있으므로 관찰력을 키우게 된다.

빨래판을 두고 '쭈글쭈글하게 태어난 것도 서러운데 평생 제 얼굴에 옷을 문질러요.' 하고 문제를 낸다면 어휘력, 표현력이 한꺼번에 발휘된다.

이처럼 수수께끼 자체가 엉뚱한 방향에서 해답이 나오기 때문에 두뇌운동에 영향을 주게 된다.

수수께끼를 그림으로도 풀게 하면, 말로 푸는 것보다 쉽고 재미있으며 한 단계 더 높은 사고력을 키울 수 있다.

예를 들어 '몽당연필을 손대지 않고 엄청나게 길게 하는 방법은?’라고 한다면 몽당연필 옆에 집이나 사람을 몽당연필보다 작게 그리면 된다.

또 한가지 수수께끼는 엉뚱하기 때문에, ‘틀렸다’고 하지 않아야 한다. 상대가 왜 그런 생각을 했는지를 물어 설명하도록 하면 더욱 재미 있다. 책을 읽은 후 수수께끼 놀이를 하도록 하면 독후감보다 더 깊이 있게 책에서의 인물이나 사물 및 줄거리를 이해할 수 있다.

나이 들어 생기는 치매는 가장 곤욕스런 질병이다.

그런 치매현상을 예방하기 위해서는 두뇌운동이 좋다고 한다. 수수께끼야말로 두뇌에 건강을 주는 가장 효과적인 방법이 될 수 있다. 노인들에게도 어린 아이와 같은 방법의 수수께끼 놀이를 해줌으로써 소일거리가 되며 하루가 즐겁게 여겨질 것이다. 수수께끼의 보급을 확대하는 것은 국민 정신건강에 크게 도움이 된다. (2001. 6. 22)

깡패영화를 미화하면 안 되지

극장가에 '깡패 영화'가 몰려오고 있다. 최근 상영 중인 '친구'가 좋은 반응을 보이자 현재 제작중이거나 개봉을 앞둔 국내 대부분 영화들이 건달, 깡패, 조폭들을 그 주인공으로 등장시키고 있다.

올 상반기 최고의 흥행을 한 '친구'와 지난 4월 말 개봉한 '파이란'이 붐을 일으킨데 이어 현재 기획, 제작중인 작품만 해도 '조폭(조직 폭력배) 마누라', '신라의 달밤' 등 10여 편이 넘는다.

바야흐로 '깡패 영화'의 전성시대가 오고 있다.

영화계의 일각에서는 예전의 단순히 치고 때리는 폭력 위주가 아니라 진한 휴머니즘과 코믹, 학창시절의 아련한 추억 등, 새로운 '토종 깡패 영화'라고 주장한다. 그러나 그건 위장이고 자기 합리화에 불과하다. 폭력은 범죄이다.

신은경과 박상면이 벌이는 '조폭 마누라'는 조폭의 터프한 여자 보스가 순둥이 남편과 결혼하게 되면서 엮어내는 코믹 영화다.

보스역을 맡은 신은경은 조폭들과 격투 신을 벌이다가 전치 3주의 부상을 입기도 하는 등, 열연을 했다고 한다.

경주를 무대로 한창 촬영 중인 '신라의 달밤'은 건달과 체육 교사로 이성재와 차승원, 그리고 이 두 주인공과 삼각 관계에 빠지는 라면집 여주인으로 글래머이자 섹시녀인 김혜수가 나온다.

액션 영화 '피도 눈물도 없이'에서는 건달 세계의 두 여자가 투견장의 돈을 쫓아다니는 내용이 펼쳐진다.

전도연이 순수한 시골 소녀에서 결혼한 아내, 한 남자를 짝사랑하는 학원 강사 등으로 활약한다.

오는 7월에 개봉되는 '달마야 놀자' 역시 조폭이 등장한다.

암자에 스며든 조폭 일당과 스님의 한판 승부가 코믹하게 전개된다.

이외에도 일본의 야쿠자를 소재로 한 한일 합작 '미션 바라바', 이상우 감독의 데뷔작 '조폭들의 MT', 장진 감독의 '킬러들의 수다', 조민호 감독의 '정글 주스' 등의 '깡패 영화'들이 순서를 기다리고 있다.

이들 '깡패 영화'를 두고 현세대를 살아가는 사람들의 스트레스를 풀어 주는 청량제이며 어려운 현실을 사는 현대인들에게 희망을 주는 기폭제起爆濟가 될 수 있다는 영화계의 주장은 너무나 어처구니 없는 궤변이다.

흥행을 목적으로 폭력을 미화하는 '친구'와 같은 '깡패 영화'를 아련한 추억으로 승화시키는 것은 위험한 발상이다.

영화 제작사와 감독 측은 '친구의 스토리는 실화다.'는 주장을 펴고 있으나, 그것이 실화든 허구든 그저 흥행을 목적으로 한 상혼商魂에 불과하다.

최근의 영화나 드라마는 불륜이나 폭력이나 성범죄를 미화하는 경향이 무척 많다.

영화 '썸머타임'도 떳떳한 예술이라고 하는 시대다.

그렇게 일시적인 쾌감이나 쾌락, 그리고 말초신경을 자극하는 것을 예술로 도배하는 것은 도저히 이해가 되지 않는다. 어떤 형태로든 폭력과 같은 범죄를 미화시켜서는 안된다.

(2001. 5)

정보는 정확해야

우리는 '사람'을 한자로 '인(人)'이라고 표기하고 있다. 사람 인(人)이란 한자의 뜻은 혼자선 살 수 없고 상존해야 하기 때문에 서로 받쳐주는 모양을 따 인(人)이라고 쓰게 됐다고 했다. 사람은 사회적인 동물이다. 일반 동물과는 전혀 다르게 상호 협조하고 의존하는 생활을 하고 있다.

사람 '人'자를 보면 서로가 기대어 있으면서 균형을 이루고 있다.

만약에 人자가 서로 떨어진다면 여덟 팔(八)자가 된다. 八자는 글자의 윗부분이 붙어 있지 않고 떨어져 있다. 人자와 八자는 그 뜻이 너무나도 다르다. 하나는 사람이요, 또 하나는 여덟이라는 뜻이다.

쓴 웃음을 짓게 하는 넌센스 하나.

한 네티즌이 '우리 일상생활에서 쓰는 단어, 그 중에도 명사의 대부분은 한자로 구성되어 있다. 그런데 사람이라는 단어는 과연 한자어일까 순 우리 말일까?'라고 의문을 제기했다. 이에 가나다 한글사랑(www.ganada.org)의 정보나눔터 게시판에 다른 네티즌이 '사람'이라는 단어는 '四覽(사람)'이라고 쓰는 한자어라는 글을 올렸다. 그가 자기 학교 교수로부터 배웠다는 설명이 가관이다. 즉, 넉 사(四)에 볼 람(覽)자를 써서 사방을 둘러보아 바르고 참된 길을 가야하는 동물이라는 것이다.

이에 가나다 한글사랑 측에서는 회원들에게 '사람'이란 단어가 알고 보니 한자어 '四覽'이었다는 내용의 메일링을 발송하였단다.

그랬더니 많은 사람들이 정말 '사람'이 한자어 '四覽'이었다는 사실을 몰랐다면서 놀라움을 표시하더란다.

'사람'이란 단어의 어원은 동사 '살다'고, 이 동사가 명사화하면서 '사람'이 된 것이다. 따라서 사람은 분명 순수한 우리 말이다.

일반인이 어떤 단어의 어원까지 알기란 쉽지 않다. 또 어원을 모른다해서 크게 흠이 되는 것도 아니다. 내가 여기서 지적하고자 하는 것은 첫째, 보통 사람들이 우리 말에 대한 지식이 너무 없다는 것과 둘째, 지식을 받아들이는 태도가 진지

하지 못하다는 것이다. 국어사전 한 번 펼쳐 보는 성의만 있었다면 이런 해프닝은 없었을 것이다. 그 교수가 '사람'을 한 자어를 동원하여 그렇게 뜻풀이를 한 것은 사람이 살아가는 자세에 대해 철학적 의미로 풀어준 것일 게다. 그 말을 앞뒤 잘라내고 옮긴 학생의 착오다.

확인되지 않은 정보에 대해 진위·가부를 확실하게 확인하지 않는 것은 위험하다.

국회의원들은 종종 면책특권이라는 우산 밑에 숨어 '맞으면 좋고 아니면 말고' 식 저격탄을 쏘지만 우리 선량한 시민들까지 그래선 안된다.

이 사건 역시 그 동안 인터넷상에서 종종 벌어져 왔던 일로써 부정확한 정보의 남발과 성급하게 신뢰하는 경솔함에 대해 나무라고 있다. 곁들여 최근 언론에서도 지적하고 있는 무분별한 외래어 남용과 인터넷에서 우리 말을 왜곡, 변형시키는 현상도 이와 같은 맥락이다.

사람을 사방을 둘러보고 길을 가야 하는 존재라고 풀이하는 것도 그럴 듯하지만, 지식을 받아들이는 자세도 사람다워야 하지 않을까.

끝으로 '人'자 다섯으로 짧은 글짓기.

'사람이면, 다 사람이냐, 사람이, 사람다워야, 사람이지.'
(2003. 2)

E-mail의 역사와 편리성便利性

이메일(전자우편)이 전계적으로 이메일은 크게 증가하고 있다. 특히 기업들의 마케팅 수단으로 확고히 자리잡아 가고 있다.

미국의 '유나이티드 메시징'사가 조사한 결과 지난해 말 전 세계 이메일 계정은 8억9천110만 개로 1년 전에 비해 67%나 늘었다.

또, 미국 일반 소비자의 45%와 직장인의 75%가 정기적으로 이메일을 이용하는 것으로 조사됐다.

우리 나라의 경우 지난해 7월 현재 720만 명의 개인이 1천 183만 개의 이메일 계정을 갖고 있으며, 기업체는 212만 개, 공공기관 종사자는 122만 개의 계정을 갖고 있다.

이렇게 이메일 이용이 급격하게 늘어나면서 이메일의 쓰임 또한 갈수록 다양해져 못할 것이 없을 정도가 됐다.

그런데 '이메일의 나이'를 알면 많은 사람이 깜짝 놀란다. 이메일이 처음 등장한 지 벌써 30년이 됐다.

대략 1971년 10월경 미국의 컴퓨터기술자 '로이 톰린슨'이 처음으로 이메일을 시도했다. '볼트 버래네크 앤드 뉴먼'(BBN)이라는 회사에서 일하던 그는 인터넷의 전신인 아파넷을 이용해 처음으로 이메일을 전송했다.

그는 현재 이메일 주소에 쓰이는 '골뱅이(@)'도 함께 고안했다. 당시는 같은 전산망에 연결된 사람들끼리 문자메시지를 보낼 수 있었고 아파넷으로 연결된 외부와는 파일만 주고받을 수 있었는데, 톰린슨은 누 가시를 결합해시 외부 기관에 있는 사람에게도 문자메시지를 보낼 수 있는 이메일을 만들었다.

이렇게 개발된 이메일은 단 2년만에 아파넷의 데이터 송수신량의 75%를 점유할 정도로 급성장한다. 이메일의 성공 요인으로는 정식 편지와 달리 격식을 차리지 않아도 되고 할 말만 간단히 해도 흠이 아니라는 점이다.

당시 데이터 전송속도는 요즘 모뎀의 200분의 1정도인 초당 300비트였다.

요즘 우리가 얼마나 이메일에 매몰되어 있는지를 알면, 다시 새삼스럽게 놀랄 듯하다.

가입자 3천만 명(아이디 기준) 가량으로 국내 1위인 다음커뮤니

케이션(daum.net)에서 요즘 하루 평균 송수신량은 수신 2천 500만 통, 발신 500만 통. 곧, 3천만 통이다.

가입자 한 명당 한 통인 셈이다.

인터넷 정보 사이트에 가입만 해두면 매일매일 새로운 알짜 정보를 이메일로 받을 수 있다.

메일 뱅킹을 이용하면 수수료 없이, 빠르게 돈을 송·수금해주는 서비스까지 등장했다. 글에 대한 답변도 이메일 하나 보내는 것으로 그만이다.

취미활동도 이메일로 한다.

하지만 이메일이 늘면서 그 부작용도 만만치 않다. 최대의 골칫거리는 역시 불특정 다수에게 마구 뿌려지는 광고성 스팸메일(무단으로 보내는 광고)과 바이러스다.

필요한 이메일을 읽고 쓰는 시간보다는 스팸메일을 지우고 메일에 붙어 들어오는 바이러스를 가려내는 데 많은 시간을 소비해야 한다.

꼭 필요한 사람만 따로 등록해 쪽지를 주고받고, 등록되지 않은 사람이 보내는 쪽지는 아예 거부할 수 있는 '인스턴트 메시징 서비스'가 날로 인기를 더해 가는 것도 바로 이메일의 부작용 때문이다. 이제 사람들은 점차로 모든 이에게 열려 있는 이메일을 버리고 폐쇄된 '끼리끼리'로 돌아가고 있는 것이다. (2002. 1)

사이버 명예훼손 조심

현재의 세대가 마음껏 누리고 있는 사이버 공간은 그 동안 엄청난 몸살을 앓아 왔다. 눈에 보이지도 않고 누구인 지도 모르는 사람으로부터 온갖 욕설과 폭언 등으로 피해를 입는 경우도 있었다. 그러나 피해자들은 아무런 법적인 제재와 조치를 취할 수도 없을 뿐 아니라 처벌 규정도 없어 고심을 해야 했다.

헌데 이제 그 동안 익명을 이용해 인터넷에서 함부로 남을 비방하거나 욕설을 퍼부어 온 사람들이라면 앞으로는 조심해야 한다. 사이버 명예훼손에 관한 처벌 법령이 지난 7월 1일부터 시행돼 인터넷에 허위 사실을 유포했을 때는 최고 7년형, 비방할 목적으로 사실을 적시했을 경우 최고 3년형에 처해지기 때문이다.

이번 사이버 명예훼손에 관한 법령이 시행됨에 따라 그 동안 형사소송을 통해야만 했던 사이버 명예훼손 분쟁이 민사적으로 해결이 가능해졌다.

네티즌은 정보 통신망을 통해 일반인에게 공개되는 내용에 대해 자신의 법률상의 이익과 명예를 침해했다고 판단되면 해당 정보통신서비스 업체에 삭제나 반박문 게재를 요청할 수 있다. 그러면 해당 서비스 업체는 이에 대해 조치를 취하고 결과를 통지할 의무가 생긴다. 이에 따라 인터넷상에서 명예훼손을 당하고도 가해자가 누군지 모르고 해당 인터넷 업체가 조치를 취해주지도 않아 피해를 보던 네티즌들이 구제받게 된 것이다.

신청인은 만일 해당 서비스 업체가 조치를 취하지 않으면 인터넷 업체와 글을 올린 사람을 고소할 수 있다.

이번의 법령에서 사이버 명예훼손은 오프라인, 즉 출판물에 의한 명예훼손보다 가중 처벌된다는 것이 특징이다.

오프라인을 통해 허위 사실을 유포한 혐의로 명예훼손죄가 성립되면 최고 징역 7년에 1천 500만 원 이하의 벌금을 무는데 반해 온라인을 통하면 최고 징역 7년에 벌금 5천만 원까지 물게 된다.

사실을 적시한 경우도 오프라인의 경우 벌금이 700만 원 이하인데 반해 온라인은 최고 2천만 원까지 가능하다. 명예훼손

죄는 친고죄로서 피해자의 고소가 있어야 하고, 명예훼손의 결과에 따르는 것이 아니라 명예가 훼손되었다고 생각되었을 경우에 해당된다.

인터넷 업체들은 이번 법령의 시행으로 네티즌의 명예훼손 관련 글 삭제와 반박문 게시 요청이 빈발할 것으로 내다보고 대책 마련에 부심하고 있다. 특히 게시판이 활성화된 인터넷 커뮤니티 업체나 채팅 서비스 업체, 또는 다양한 글이 올라오는 언론사 인터넷 사이트의 경우 관련 요청이 많아질 것으로 예상된다. 따라서 인터넷 회사들은 고문 변호사외에 몇 개월 전부터 법무팀을 신설해 네티즌의 요청에 사전 대응할 수 있는 준비를 해 오고 있다.

그 동안 인터넷 회사는 비방 글에 대해서 주의 또는 경고 조치만 할 뿐, 삭제를 할 수가 없었으나 앞으로는 피해자인 네티즌의 요구가 있을 경우 바로바로 조치를 취할 수 있게 되었다.

문명의 이기利器가 독기毒器로 바뀌어서는 안 된다. (2001. 7)

한국은 어디로 가는가

우리 나라 청소년들의 90%가 한국을 '부패한 나라'로 보고 있으며, 그 중 상당수가 언제든 그 부패의 대열에 합류할 '용의'를 갖고 있다는 어느 단체의 조사 결과는 충격적이다.

응답 중고생들의 64%는 '법을 어겨도 제대로 처벌받지 않기 때문'이라고 그 이유를 댔다. 더욱 심각한 것은 청소년들의 의식이다.

41%가 '아무도 보고 있지 않으면 나도 법질서를 지킬 필요가 없다.'고 응답했고, 33%는 '부정 부패를 목격해도 나에게 손해가 된다면 모를 체 할 것'이라고 답했다.

심지어 '뇌물을 써서 문제를 해결할 수 있다면 기꺼이 뇌물을 쓰겠다.'는 반응도 28%나 됐다. 장차 나라를 이끌어 갈 세대의 10명 중 4명이 적극적 혹은 잠재적으로 부패 고리에 편입될 가능성을 안고 있는 것이다.

'국제투명성기구(TI)'가 매년 발표하는 국가별 부패지수에서 늘 중하위권을 벗어나지 못하는 우리의 부정부패는 국제사회에서도 정평이 나 있다. 뿐만 아니라 지난해에는 이러한 문제로 청소년들이 우리 나라를 떠나고 싶다는 응답자가 67%에 달해, 대한민국은 청소년들로부터 버림받는 조국이 되어가고 있다. 청소년들의 눈에는 부패공화국인 것이다.

이렇게 아직 세상을 잘 모르는 10대 청소년들마저 자기가 사는 조국을 썩을 대로 썩은 나라로 인식하고 있다는 것은 대단히 충격적이고, 심각한 문제다. 그만큼 우리 사회의 도덕적, 윤리적 기반이 총체적으로 붕괴되고 있다. 더욱이 이런 부조리한 현실을 바로잡기 위해 정의감을 불태우기는커녕 '나라고 뇌물 주고받지 못하란 법 있느냐.'는 식으로 생각하는 청소년이 절반에 육박한다는 사실은 나라의 미래에 먹구름이 덮여 있음을 말해 주는 것이다.

그리고 지금 우리 사회를 지배하고 있는 것은 '돈이 최고'라는 인식이다. 하루아침에 수십 명씩 불로소득 억만장자들이 탄생하고 수많은 사람들이 직장에서 내몰리는 외환위기를 거치면서 '돈이 최고'라는 인식이 극대화 됐다. 이런 현상의 정점에 있는 나라의 중추 기능을 맡은 기관과 조직의 사람들이 줄줄이 부패의 먹이사슬로 함께 엮어 졌었다. 오랜 세월 우리를 지탱해 온 도덕, 신의, 예절, 우정, 존경, 효도, 충성 같은 정신적 버팀목들이 힘없이 허물어지고 있다.

혁명적인 변화가 일어나지 않으면 우리 사회의 부패와 타락을 막을 수 없다. 영원히 부패의 늪에 빠져 버리게 된다.

이제부터 우리 사회의 최고의 과제는 부정부패를 근절해 자유롭고 공정하게 경쟁하는 사회를 만드는 일이다. 부패를 척결하고 투명한 사회를 만들려면 먼저 '죄 지은 자는 상응한 죄 값을 치러야 한다.'는 원칙부터 바로 세워야 한다. 올해의 지방선거와 대선에서 부정부패한 인물은 공직에 서지 못하도록 걸러내야 한다.

우리 청소년들이 부정에 물들지 않는 사회로 바꾸어야 한다. 국가는 뚜렷한 목표로 정의로운 사회를 실현해야 하며, 가정과 학교는 자라나는 세대에게 올바른 가치관과 윤리를 가르쳐야 한다.

원론적이고 추상적인 외침이라고 흘려 듣지 말고 저마다 나서야 한다. 부패한 국가는 망하게 된다. 그러나 우리 나라는 망해서는 안 된다. (2002. 1. 18)

상도 商道

최근 MBC TV 월·화 인기 드라마 '상노商道'는 여러 가지로 교훈을 준다. 예로부터 장사꾼에게는 정도가 없다고들 했지만 이 드라마에서는 장사꾼에게도 반드시 정도正道가 있다는 것을 알린다.

사업이란 적은 투자로 많은 이익을 남기는 것이 원칙이다. 그래서 부득이 사람을 속이려 한다. 해서, 옛 사람들은 '장사'라는 직업의 명사 후미後尾에 '꾼'이라는 낱말을 덧붙였다. 원작자 최인호 씨는 '상도'에서 바로 그것을 보여주고자 한다.

자본주의 사회에서 점점 '도道'가 사라지고 있다.

그럼 '도'란 무엇인가. 어떤 일을 함에 마땅히 지켜야 할 도리를 말한다. 그러나 지금 우리 사회가 저마다의 도리를 다하고 있다고 말할 수는 없다.

일의 과정보다는 결과에 치중하는 것이 작금의 세태다. '망한 양심적 기업'보다는 '요령 있게 장사 잘하는 기업'을 더 인정해 준다. 언뜻 듣기에 이는 타당한 선택인 것처럼 들린다. 아무리 양심적이라 해도 망해 없어지고 말면 무슨 소용이냐는 논리다. 그러나 그렇지 않다. 말이 좋아 '요령 있게'지, 그 속을 헤쳐보면 비리와 모순으로 꽉 차 있다. 비리와 모순은 연쇄적으로 사회를 병들게 하고 썩게 한다.

'정당한 수단과 방법'이 손해를 보는 것이 아니다. 단순한 이익 이상의 것을 준다.

'상도'의 지금까지의 줄거리를 보자.

송상(松商 ; 개성 상인) 대방 박주병의 딸 다녕은 아버지의 하수인인 정치수를 비난한다. '그렇게 상도를 저버리면 도적과 무엇이 다릅니까.' 이는 정치수의 비열한 행동을 꾸짖는 것이다.

정치수는 만상(灣商 ; 의주 상인)을 몰락시키기 위해 계략을 꾸민다. 그는 우선 짚신을 대량으로 사들이고, 거짓으로 봉화를 올려 나라에 전쟁이 일어날 것이라는 소문을 퍼뜨린다. 그로 인해 과거시험이 취소될 지경에 이르렀고, 결국 종이값은 떨어진다. 사람들은 피난을 가기 위해 짚신을 사러 몰려들고, 그는 큰 이익을 남긴다.

반면 종이를 갖고 있는 상인들은 값이 떨어져 울며 겨자먹기로 판다. 정치수는 그 종이를 모두 사들인다. 그 사이 전쟁

소문이 헛소문으로 밝혀져 예정대로 과거시험을 치르게 되니 종이값이 올라 또다시 떼돈을 번다.

정치수는 만상을 망하게 하려고 수단과 방법을 가리지 않는다. 그는 다녕에게 이렇게 말한다. '저에게는 돈 버는 것이 오직 상도입니다.' 수단과 방법은 중요하지 않다는 것이다.

그러나 만상의 우두머리 대방은 '장사는 이윤을 남기는 것보다 사람을 남기는 것이다.' 라고 말한다.

이 드라마에서는 '정당한 수단과 방법'이 당장은 손해인 것처럼 보여도 결과적으로는 바른 선택이라는 교훈을 주고 있다.

우리가 행운이라고 말하는 것도 그 도를 바르게 행하는 자에게만 찾아오는 덤이다.

드라마에서는 약령시藥令市가 열리는 연경에서 만상의 도방 임상옥이 조선 각 상단商團에서 가져간 인삼을 헐 값에 매수하려는 중국 상인들과 맞서는 장면이 나온다. 그는 상질서를 유지하기 위한 방법으로 귀한 인삼을 불태운다. 그러나 결국 중국 상인들에게 근당 200냥씩 팔아 치우는 쾌거를 올린다.

이것이 바로 정치수와 임상옥의 '상도'의 차이다. 상대방을 망하게 하겠다는 정치수보다 정당한 방법에 의해 승리를 얻어내는 것이 임상옥의 '상도'이다.

남을 죽이고 일어서는 것은 일시적일 뿐 영구적인 것은 아니다. (2002. 2. 23)

은행나무

은행나무는 은행나무과의 나무교목으로 빙하기를 이겨온 3억 년 전의 유일한 '화석식물' 이다.

은행나무는 말릴 때 뒤틀림이 없다. 또 나무 좀·흰개미 등 벌레를 타지 않는다. 불에도 잘 타지 않아 목재로서는 최고다. 그래서 특히 오랜 세월 보존해야 할 목재문화재 등의 감으로는 최적이다. 또한 그 열매와 뿌리는 감기, 천식 등의 한약재와 과일주 및 고급요리의 재료로 쓰인다. 잎은 징코라이드, 바라이드 등 많은 유효성분을 함유하고 있는데 은행잎에서 추출한 엑기스는 고혈압, 당뇨병, 신장 질환, 노인성 치매, 뇌혈관 및 말초신경 장애 등의 치료제로 각광 받고 있다.

또 선진국에서는 은행나무 잎 화장품과 샴푸, 비누 등의 원료로 쓰고 있다. 은행나무 잎으로 만든 차도 나와 있다.

은행에는 약간의 독이 있다. 그러나 이 독은 열을 가하면 소멸된다. 단 하나, 은행나무는 생육기간이 30년 정도로 길다는 것이 단점이다. 헌데 최근 5년이면 열매를 수확할 수 있는 방법이 개발되었다. 결국 은행나무는 단점이 거의 없는 완벽한 나무, 지구의 기후가 변해도 살아남아 인류를 구원할 나무다.

은행나무는 다른 나무에 비해 5~6배의 많은 산소를 배출하여 대기오염 정화능력이 탁월할 뿐만 아니라 토양, 수질, 심지어 중금속의 오염까지 정화시키는 능력을 가지고 있다.

은행나무는 벌레가 먹지 않는 등 병충해가 없으므로 환경친화적인 무농약 재배가 가능하다. 또 낙엽은 퇴비가 되어 땅속의 병충해까지 구제하는 등, 토양오염 방지효과도 뛰어나다. 은행나무의 살충능력 성분을 잘 연구, 개발하면 무공해 천연 살충제의 출현도 기대해 볼만하다.

약품으로서 독일의 슈바베Schwabe사에서는 은행잎으로 만든 Tebonin(혈액 순환 개선제)으로 4억 2,300만 마르크(약 2천3백억 원)의 매출을 기록한 이래 매년 30% 이상의 매출 신장을 거듭해 오고 있다. 프랑스의 입센사에서는 은행잎 엑스제재인 Tanacan 으로 연간 8억 프랑(약 1천3백억 원)의 매출을 기록했다. 일본은 매년 200만 톤의 마른 은행잎을 상품화하고 있는데, 이처럼 선진국에서는 은행잎으로 만든 제품(약품 및 기타 상품 포함)의 판매량이 매년 30% 이상씩 증가하고 있다.

따라서 우리도 은행나무를 정부 권상 수종으로 지정하고, 기존 조림 수종의 갱신을 허가해야 한다. 또 조림 초기의 막대한 비용, 즉 묘목값, 식재비, 5년간의 관리비 등의 융자 지원을 해야 한다. 농지의 보전 및 이용에 관한 법률(75. 12. 31. 법률 제2837호)에 의하여 은행나무를 과수목으로 분류, 경쟁력을 갖춤으로서 수출 확대도 꾀해야 한다. 그러자면 은행나무 재배 시에도 다른 과수 작물과 산림수처럼 융자와 지원 등의 혜택이 있어야 한다.

가을이면 황금빛으로 물드는 잎이 너무 예뻐서 사춘기 소녀의 책갈피에 끼워지는 영광을 안는 은행나무, 그 열매는 청춘 남녀의 호주머니 속에서 사랑의 메신저가 되기도 하는 낭만적인 나무다. (2003. 3. 6)

인간 중심의 도시

살기 좋은 도시를 만드는 일은 우리의 바람이다. 그래서 건축물을 미학적으로 설계하고 도시계획을 환경친화적으로 짠다. 그러나 더 중요한 것은 도시를 아름답게 가꾸는 일에 시민 모두가 참여하는 일이다. 그래야만 우리 나라 도시도 환경과 어우러지는 살아 있는 도시, 인간 중심적인 도시로 다시 태어날 수 있을 것이다.

우리의 현실을 한 번 돌아보자. 지금의 도시 계획은 그저 부족한 집을 짓는데 급급하다. 사람이 다니는 길은 아랑곳하지 않고 자동차 길만 넓히는데 골몰한다. 또 부족한 주택의 확보, 개발, 이익의 극대화에 치우쳐 있다. 그래서 복잡하고 숨쉴 틈 없는 '죽은 도시'가 되어가고 있다. 집집마다, 아파트 단지마다 높은 담을 쳐서 타인의 접근을 막다 보니 도시는 더욱 답답해지고 이웃간 훈훈한 정을 나눌 기회마저도 단절이 되었다.

우리 나라 인구의 85%가 사는 도시를 인간 중심적으로 개선하고, 보다 자연에 가깝도록 꾸미는 일은 매우 절박하다.

TV 속 유럽의 잘 정돈된 농경지, 짜임새 있게 정비된 시가지, 철저하게 보전된 문화 유적은 감탄을 자아내게 한다. 어찌 보면 이것은 유럽인들이 수천 년 동안 문명의 흥망성쇠를 겪으면서 나름대로 축적한 노하우의 결과라는 생각도 든다. 특히 오래된 도시의 문화유산을 잘 보전하면서 시민이 숨쉴 수 있는 쉼터를 만들고 길거리마다 자전거를 타거나 조깅을 할 수 있는 샛길을 용케 만드는 것을 보면 다시 한번 감탄하게 된다.

런던의 하이드파크나 파리의 볼로뉴숲은 도심 한가운데 있으면서 시민이 쉴 수 있는 공간을 제공한다. 조그마한 자투리 땅에 나무를 심어 푸르게 하고 집집마다 베란다에 예쁜 꽃들을 내다 걸어 도시의 아름다움을 한층 더해 주는 것을 보면 우리의 현실과는 너무나 차이가 난다.

우리도 대대적인 도시환경개선계획을 세워야 한다. 먼저 관공서나 학교부터 담을 허물고, 아파트 베란다에 꽃나무를 심도록 해야 한다. 담을 허물면 마음의 벽도 허물어져 도시가 시원해 보이고, 학교나 관공서의 뜰은 작은 휴식 공간으로 시민이 이용할 수 있을 것이다. 도시에 쉼터가 자연히 형성되는 것이다. 뿐만 아니라 관공서는 주민이 꺼리는 곳이 아닌, 즐겨 찾는 친화적 효과도 있다. 경찰서가 담을 허물고 그 공간을 쉼터로 조성해 주민들로부터 큰 호응을 얻은 곳도 있다.

또 회색 빛 아파트 단지에는 가정마다 꽃을 한 그루씩 베란다에 내다 놓거나 자투리 공원을 조성한다면 도시 미관을 아름답게 하고 정서를 함양하는데 매우 좋을 것이다. 또한 오는 2002년도 월드컵을 찾는 외국인들에도 좋은 선물이 될 것이다. 다행히 서울을 비롯한 대도시에서는 나무심기 운동이 펼쳐지고 있고, 일부 지방자치 단체에서는 녹지 확대를 위해 앞서 이야기 한대로 관공서와 학교의 담을 허물어 녹지 공간 만들기를 전개해 상당한 성과를 거두고 있다 하니 반가운 일이다. 이러한 사업이 모든 우리 나라 전 도시로 확산되었으면 한다. (2001. 12)

강한 여성

근세 조선시대까지만 해도 여성들이 호주로서의 역할을 수행했다. 그러나 일제강점日帝强占시대에 착복과 징용의 목적으로 남성 호주제를 채택한 이후 지금에 이르고 있다. 그러나 요즈음 다시 우리 사회는 여성 위주의 모계사회로 바뀌는 듯하다. 부부싸움에서 '늙으면 보자'는 여성들의 엄포에 남성들이 주눅들고 있다. 영화나 드라마 '엽기적인 그녀', '조폭 마누라', '여인천하', '명성황후', '그 여자네 집' 등등, 흥행 대박을 터뜨리거나 인기를 누린 작품들 공통분모는 '강한 여성'이 주인공으로 등장한다는 점이다.

'친구'라는 영화에서 심심하면 '너 죽을래' 하며 주먹을 날리는 신세대 여성, 50여 명의 똘마니를 거느린 쌍칼잡이 조폭 마누라, 대감들에게 호령을 하며 권모술수를 쓰는 궁중의 여인들, 직업인으로서 성공을 위해 이혼까지 불사하는 직장 여성. 분명 지금까지 환영받던 전형적인 여성상과는 거리가 멀다. 청순가련형이나 순정형은 '퇴물'이 된 지 오래다.

미모나 지략을 무기로 성공하거나, 힘 있는 남성의 사랑을 얻어내는데 만족하던 신데렐라형도 넘어섰다. 물리적인 힘이나 사회적인 능력에서 남성들에게 밀리기는커녕 오히려 압도하고 지배하려 드는 여성이 등장한 것이다. 이런 강한 여성의 등장으로 이제까지와는 다른 흐름이 나타나고 있다. 여성들의 교육 수준이 높아지고 사회 진출이 늘어나면서 성평등性平等 의식이 정착되어가는 것이다.

한국 영화 시장이나 드라마의 소비층은 20대에서 30대의 젊은 여성들이라고 볼 수 있다. 그렇지만 최근 탄생한 흥행물들의 제작자나 감독은 대부분 남성이다. 여전히 대중문화 시장의 생산 주도권을 쥐고 있는 남성들의 시각에서 현실성이 없어 보이지만 그래도 여성들이 선망하는 '미모와 힘을 갖춘 여성상'을 볼거리도 제공하고 있다고 할 수 있다. IMF의 충격으로 더 이상 가부장家父長의 지위를 잃게 된 남성들의 현실도 '강한 여성상'을 그려보고 싶은 마음이 하나의 요소가 된 것이다. 그런 점에서 여기에 등장하는 남성들의 변화가 더 흥미롭다. '엽기적인 그녀'에서는 요즘 젊은 세대에게 나타나는 성역할 바꾸기가 재미있어 보인다. 여자 주인공의 희한한 행

패를 늘 당하면서도 다 받아주는 남자 주인공의 태도는 기존의 권위적이거나 폭력적인 남성상과는 거리가 멀다

이젠 오랜 역사 속에서 남성들에게 억압받던 조선의, 아니, 한국의 여성들이 이제 서서히 그 위용을 보이고 있다. 바람직한 일이다. 단, 이혼장에 도장 찍자고 먼저 나서고, 명예퇴직이나 조기퇴직한 남편을 찬바람 부는 공원으로 내몰지만 않는다면. (2001. 10)

비무장지대 그대로 보존해야

너무나 평범하고 상식적인 말이지만 동·식물이 살 수 없는 자연에서는 우리 사람들도 살 수 없다. 또 잘 보존된 자연환경을 우리 자손에게 물려주어야 한다는 것을 아무리 강조해도 지나침이 없다.

6월 15일, 남북 정상회담이 이루어진 지 벌써 한 돌을 맞이하고 있다.

김대중 대통령과 김정일 국방위원장이 악수를 하고 얼싸 안는 모습을 TV중계를 통해 본 우리들은 그야말로 감개무량했다.

그런데 한 가지 걱정이 앞선다. 지금, 비무장지대에 경의선 복구, 국제무역센터 건립, 골프장 건설 등, 각종 개발 계획 논의가 정부를 비롯한 관련기관이 활발하게 진행되고 있다.

이 계획안들은 모두 외관상으로는 그럴 듯하지만 내용인즉 세계적 자연 생태계인 비무장지대를 훼손하고 파괴하는 일이다.

비무장지대는 남북의 폭이 4㎞, 동서의 길이가 248㎞이며 전체 면적이 약 2억 7천만 평에 이르고 민간 통제 구역까지 합하면 약 7억여 평이다. 이 땅은 반세기 동안 사람의 손길이 전혀 닿지 않고 고스란히 보존된 곳이다.

이곳은 멸종 위기에 처한 동물들의 피난처로서, 금강초롱 등, 1천여 종의 식물과 독수리, 반달곰, 사향노루, 산양 등, 99종 동물들의 낙원이다. 이 규모는 가히 세계적인 규모라 할 수 있다.

비무장지대는 우리 민족의 아픔을 극명하게 보여주는 분단의 산증거다. 그러나 순수하게 자연보호 측면에서만 본다면 저절로 자연의 보고·박물관이 만들어진 셈이다. 어찌되었건 자연보호만은 제대로 되었다. 그런데 이제 남북협력이 이루어지게 되면 빨리 이곳을 개발하고자 할 것이다. 그러나 자연은 한 번 파괴되든지 개발되면 다시는 원상회복이 어렵다는 것을 명심하고 단순히 현재의 개발 이익만을 생각할 것이 아니라 먼 훗날 민족의 미래와 후손을 생각하는 긴 안목으로 진행해야 한다.

그리하여 남북이 함께 영원히 잘 보존한다면 비무장 지대는

작으나마 그 동안 아팠던 역사에 대한 작은 보상이요, 미래의 후손에게는 값진 유산이 될 것이다.

미국과 같은 선진 국가들은 자연 자원을 후손을 위해 개발하지 않고 남겨 둔다.

그러한 성숙한 모습을 보면서 우리 나라의 근시안적인 자연환경정책에 대해 안타까움을 금할 길 없다. 이제라도 우리 정부와 북한은 천혜의 자연생태계를 파괴하지 말고 후손에게 남겨주기를 바란다. (2001. 6)

모성보호법

한국여성노동자협의회가 최근 발표한 '평등의 전화 2001년 상담 사례'를 보면 모성보호관련 문의가 187건으로 전체 2,552건의 7.4%를 차지했다.

이는 지난 2000년의 80건(전체의 4.2%)에 비해 크게 늘어난 것이다. 이처럼 상담이 늘어난 것은 모성보호관련법 개정을 계기로 여성 노동자들의 권리의식은 높아지고 있는 반면 실제 사업장에서는 법의 보호를 받지 못하는 사례가 사라지지 않고 있기 때문이다.

실제로 지난 2000년 한해 동안 가장 많은 상담사례는 고용관련으로, 전체의 59.2%(1천 492건)를 차지했다. 구체적으로는 임금체불이 절반 이상으로 가장 많았고, 부당노동행위 17.5%, 부당해고 10.4%, 근로기준법 문의 10.1% 순이었다. 특히 계약직이나, 연봉제, 비정규직 등, 불안정한 고용조건의 여성 노동자들이 모성보호법의 사각지대에 놓여 있는 현실을 상담사례에서 확인할 수 있다.

이러한 사례를 분석해 보면 직장내 성희롱이나 폭언·폭행 등, 인권관련 피해는 비교적 소규모 사업장에서 많이 발생하는 반면 모성보호 무시 사례의 33.6%는 100인 이상 대규모 사업장에서 일어나고 있다.

또 모성 보호법 개정에도 기본적인 건강권을 보호받지 못하고 있다는 여성들의 호소가 끊이지 않고 있다.

• 의류 회사에 다니는 디자이너인데 실장에게 임신했다고 하자 '그만 두라'고 해 항의했더니 '애를 떼버리라'고 폭언을 했다. 그 충격으로 몸에 이상을 느껴 휴가신청을 했으나 회사에서 이를 무시하고 무단결근이라며 일방적으로 퇴사처리를 해 버려 결국 유산까지 하고 말았다.

• 제조업체에서 사무직으로 일하는데 결혼을 하게 되어 청첩장을 돌렸더니 상사가 '임신 5개월이 되면 사직하겠다.'는 각서를 요구해 써냈다. 신혼여행 휴가도 짧게 주더니 결혼하면 그만 두는 것이 관례라며 계속 퇴사 압력을 가하고 있다.

• 협동조합에서 전화교환원으로 6년간 일했다. 그 동안 여직원은 출산하면 무조건 그만두는 게 관행이라며 출산휴가를 줄 수 없다고 한다. '1999년부터 출산 뒤 2년 동안만 근무한

다.'는 사규도 있어 둘째 아이를 가지면 퇴사할 수밖에 없다.

• 공단의 사무직으로 6년간 근무하던 중, 3개월 된 아이를 돌보기 위해 육아휴직을 신청했더니 며칠 뒤 정리해고 대상자란 통보를 받았다.

• 복지관에서 일하는 물리치료사인데 출산휴가를 신청하자 무급으로 쉬라고 한다.

• 의료원에서 일하는 레지던트인데 임시직이란 이유로 산후 휴가가 무조건 28일이다. 산전휴가는 꿈도 못 꾼다.

• 소프트웨어 개발업체에서 연봉제로 일하고 있는데 사규에 출산휴가 때 급여를 기본급의 70%만 준다고 정해, 부당하다고 항의했더니 연봉제 노동자는 출산휴가 때 해고시켜도 무방하다고 윽박지른다.

이렇듯 출산휴가를 90일로 연장하는 등, 확대된 모성보호 관련법이 지난해 11월부터 시행에 들어갔으나 법의 혜택을 받지 못하는 사각지대가 여전히 많다.

모성보호 조항은 고용형태에 관계 없이 모든 여성 노동자가 당연히 누려야 할 기본 권리인데도 불구하고 최근 고용불안이 심해지면서 재계약 불이익 등을 우려해 요구조차 할 수 없는 사업장이 여전히 존재한다. 따라서 행정 감독의 강화와 부당 사용자에 대한 엄격한 처벌을 통해 이른 시일 안에 법이 정착되도록 해야 할 것이다. (2001. 8)

인터넷 예절

사이버 공간이 청소년들의 언어폭력으로 몸살을 앓고 있다. 학교 홈페이지는 물론이고 학생들의 참여하는 각종 게시판에는 엉뚱한 폭력성의 글과 비방이 난무하고 있다. 욕설장으로 가득해진 사이트도 있다.

또 아름다운 한글이 사이버 공간에서는 이상한 나라의 말로 변하는 게 일쑤다. 예를 들면 '안냐세요. 전 설 1통 7반 고딩 010 까대려고' 라고 하는 식이다. 30대 이상은 이 문장의 뜻을 아는 사람이 거의 없다.

이 뜻을 풀이하면 '안녕하세요. 저는 서울에 사는 17살 고등학생이고 남학생이며, 이성 친구를 사귀기 위해서' 라는 말이란다.

뿐만 아니라, 축소와 생략이 많다. 예를 들면. 안냐세요(안녕

하세요). 갈쳐주세요(가르쳐 주세요) 등이다.

그러나 각 홈페이지의 운영자들은 속수무책이나. 학교 홈페이지에도 이런 현상이 두드러진다. 이러한 현상을 막기 위해 각 학교에서는 담당 교사들을 배치하고 있지만 속수무책이다.

이렇듯이 젊은 세대들이 인터넷에 막된 글을 올리는 이유는 익명을 사용하기 때문에 신분이 노출되는 일이 없다는 것이다. 또 자신의 글이 사실 여부에 관계 없이 퍼져 나가는 것을 즐기는 경향 때문이다.

자신의 행동이 어떤 파문을 가져올 지에 대해서는 전혀 생각이 없다. 그러나 홈페이지 게시판이나 이메일로 올라오는 이러한 폭력성의 욕설이나 성희롱, 비난 등은 이를 받는 사람들에게 막대한 피해를 입히게 된다.

이러한 문제를 해결하는 방법을 생각해 보자. 우선 각 학교가 기준을 제정해서 강력하게 제재할 필요가 있다.

네티켓(Netiquette) 제정은 물론 학급회의나 기타 모임 등을 통해 학생들에 대한 교육이 지속적으로 이루어져야 할 것이다. 예를 들면 네티켓을 실천하기 위한 개인별 수칙을 제정케 하는 것, 네티켓 확산 방안에 대한 집단 토론회 등을 전개하는 것, 네티켓 위반 사례를 수집해 서로 토론하고 이를 모임에 보고하는 것 등도 효과가 있을 것이다.

바른생활 인터넷은 다음과 같이 제시하고 있다. 〈게시판 예

절〉의 글에서,

- 글은 명확하고 간결하게 쓰며,
- 게시물 내용을 설명할 수 있는 알맞은 제목을 사용하며,
- 문법에 맞는 표현과 올바른 맞춤법을 사용하고,
- 다른 사람이 올린 글에 대해 지나친 반박은 삼가고,
- 사실무근의 글은 올리지 않아야 하며,
- 자기 생각만을 고집함으로서 상대방에게 불쾌감을 주지 않도록 해야 한다고 밝히고 있다. 또한 〈대화방 예절〉에서도,
- 자기 자신을 먼저 소개한 뒤 대화에 참여하고,
- 대화중 모든 사람에게 '님' 자를 붙이고 존칭을 사용하며,
- 욕설이나 빈정대는 말을 삼가고,
- 다른 사람을 비방하지 않으며,
- 같은 내용의 말을 한꺼번에 계속 반복하지 않아야 하고,
- 초보자가 들어오면 기다려주고 친절하게 가르쳐주며,
- 나올 때 반드시 인사를 하고 빠져 나오도록 할 것을 권장하고 있다.

사이버 공간은 얼굴 없는 대화방이라고 하지만 진솔하게 행동한다면 아름답고 예절 바른 공간이 될 것이며, 이를 보는 사람들도 기분 좋은 느낌을 받을 것이다. 우리 모두 인터넷의 사이버 공간을 아름답게 가꾸는데 노력하자. (2002. 8)

아이들을 자유롭게

모 단체에서 3학년 이상 초등학생 1천여 명을 대상으로 '어린이 문화실태조사'를 했다. 그 결과에 따르면 학교가 끝나고 가장 많은 시간을 보내는 곳으로 학원이 38.1%로 가장 높게 나타났고, 학원을 몇 군데 다니느냐에 대해, 한 곳만 다니는 학생이 40.4%로 가장 많았다. 반면에 두 곳(18.1%), 세 곳(5.2%), 네 곳 이상(3.5%). 순으로 나타나 부모님들의 과외열이 높음을 보여주었다. 안 다니는 학생은 32.8% 였다.

또 놀이로는 텔레비전(17.6%), 컴퓨터(15.0%), 놀기(11.5%), 학습지(5.3%), 오락(4.3%), 독서(4.2%), 운동(2.1%)의 순으로 나타났다.

컴퓨터 활용시간을 묻는 질문에는 30분이 38.4%, 1시간이 32.3%로, 1시간이나 1시간 이하를 사용한다는 학생이 70.7%로 나타났다.

그리고 2시간 17.8%, 2시간 반 이상이 11.5%로 나타나 2명 중 1명이 주로 게임을 하는 것으로 나타났다.

그 다음으로는 이메일(17.85), 숙제/학습(13.5%), 채팅(5.0%), 홈페이지 방문 및 관리(3.9%), 기타(8.4%)의 순으로 나타났다.

그리고 텔레비전을 하루 몇 시간 정도 시청하는지에 대해서는 30분~1시간 정도가 30.6%로 가장 많았다.

그 다음으로는 1~2시간 정도(28.7%), 3시간 이상(22.7%), 2~3시간정도(18.0%)의 순으로 나타났다.

학생들 대부분은 교육적인 프로그램 상영보다는 만화나 영화, 시트콤 등을 시청하는 것으로 나타났다.

가장 활발하고 자유롭게 뛰어 놀아야 할 시기의 어린 아이들이 부모의 권유에 못 이겨 학원에서 하루를 보내고 있는 것이 우리 나라 어린이들이다.

친구들과 노는 시간이 '많다' 라는 학생은 겨우 8.3%인 반면 '부족하다' 라는 학생은 42.9%로 나타나 친구들과 노는 시간이 부족하다는 것을 알 수 있다.

시간이 나면 부모님과 가장하고 싶은 일에 대해 묻는 질문에는 음식점 가기가 20.5%로 가장 많았다.

그 다음으로는 박물관 가기(11.4%), 노래/음악 공연회(11.0%), PC방(9.3%), 같이 놀기(8.8%), 노래방 같이 가기(5.8%), 집안청소(4.5%), 도서관 가기(4.4.%)의 순으로 나타났다.

어린이들이 자유롭고 희망적으로 미래를 열어갈 수 있도록 더 좋은 공간과 환경을 만들어 가는 것은 바로 어른들의 몫이다.

어린이 노래 가사의 '어른들은 몰라요'라는 말처럼 아이들이 진정으로 무엇을 원하고 있는지에 대하여 진지하게 생각해야 하겠다. 그리고 자유롭게 뛰어 놀 수 있는 시간을 풍족히 주어 보다 자유로운 가운데 자신의 미래를 설계할 수 있도록 해주어야 하겠다. (2003. 1)

탈북 청소년의 교육

가족 단위 탈북자가 늘면서 10대 청소년에 대안 학교·사회 적응 프로그램의 필요성이 커지고 있다.

지난 해만 해도 가족과 함께 탈북한 청소년은 100명 가량이었다. 현재 성인 탈북자에 대한 교육 프로그램은 부족하나마 있지만 의무교육 대상인 초등학생들에 대한 교육 프로그램은 거의 없는 상태다.

10대 중·후반 탈북 청소년 가운데 중·고등학교에 다니는 비율은 절반도 안된다. 그리고 교과과정과 문화의 차이를 극복하지 못해 자퇴하거나 아예 포기한 경우가 많다. 학교를 떠난 이들은 검정고시를 준비하거나 직업교육을 받는다.

이들은 북쪽에서도 제대로 학교를 다니지 못했고 탈북 뒤 떠돌이 생활을 하면서 교육의 기회를 놓친 것이다.

최근 탈북 청소년들은 컴퓨터에 미쳐 있다. 이들은 공부는 뒷전이고 하루 종일 채팅과 컴퓨터 게임만 하고 있다.

이렇게 채팅만 하는 것은 북쪽 출신이라고 따돌림을 당하기 때문이라고 한다.

인터넷으로 친구를 사귀면 북쪽 말투에 대한 걱정도 없고, 자신이 북쪽에서 왔다는 사실을 모르기 때문이다. 이렇게 탈북 청소년들은 북쪽에서 온 것을 숨기고 싶어한다. 북쪽에서 온 것이 알려지면 왕따를 당하기 때문이다.

북한시민인권연합은 탈북 청소년들의 기초학력을 보충하고 남쪽 학교 생활과 문화에 적응하는 것을 도와주는 '한겨레 겨울학교'를 열고 있다.

이들에게는 국어, 영어, 수학과 같은 교과 뿐만 아니라 현장 체험학습도 하고 힙합 댄스 등도 가르친다.

탈북 청소년들의 학력 수준은 초등학교 5~6학년 수준이며 학력이 또래보다 3~4년 뒤쳐져 바로 중·고교에 들어가면 따라가기 힘들 정도다. 겨울학교에 참여한 신모 양(17세)은 '남쪽은 외래어를 너무 많이 사용하고, 사회와 역사 과목은 처음 듣는 것이라 이해하기 힘들었다.'고 말한다.

중학생인 이모 군(16세)도 '선생님이 다음 수업 시간에 켄트지를 가져오라고 하는데 켄트지가 뭔지 몰랐으나, 친구들에게 무시당할까봐 물어보지도 못했다.'고 했다.

체계적 진로지도 또한 절실하다. 대부분의 탈북 청소년들과 학부모들은 대학 진학을 강력히 원한다. 그러나 자신들이 무엇을 택해야 할 지, 또 택할 수 있는 게 어떤 것이 있는지, 거의 알지 못한 상태에서 무작정 대학진학을 원하는 경향이 있다.

3주 동안 진행되는 겨울학교로는 탈북 청소년들의 다양한 요구를 만족시키고 빈 곳을 채워주기에는 턱없이 부족하다.

이 때문에 일종의 대안 학교가 필요하다는 주장도 있다.

탈북 청소년들이 남과 북의 차이점을 극복하고 사회·학교 생활에 적응하기 위해서는 최소한 6개월에서 1년의 대안교육이 필요하다.

뿐만 아니라 그들에게 동포애를 발휘하여 학교 생활에 취미를 느낄 수 있도록 같은 청소년들이 도와줘야 하며, 그들이 학교 진도를 따라갈 수 있도록 특별지도가 있어야 한다.

이것은 정부만이 할 수 있다. (2002. 10)

올해 나의 건강계획

나는 해가 바뀌면 건강계획을 거창하게 세워 보지만 대개 작심삼일作心三日이나 용두사미龍頭蛇尾로 끝난다. 그러나 올해는 전문의專門醫가 권하는 방법에 맞춰 계획을 세워서 건강하고 활기찬 한해를 꾸며보고자 한다. 그 계획 중 하나가 운동이 다.

적당한 운동은 관상동맥 질환과 고혈압, 노화 등, 성인병을 예방하고 질병에 대한 저항력을 높여 준다. 또 고혈압 발생 위험도 35~52%정도 줄어 든다.

고혈압 환자가 규칙적인 운동을 하면 평균혈압이 약 10mm Hg 정도 떨어지는 효과가 있다. 또 비만과 당뇨, 우울증 등의 예방과 치료에 효과가 높고, 폐경기 이후 여성의 골다공증을 예방해 준다.

운동은 헬스클럽이나 조깅, 등산 등으로 1주일에 3회 이상 하는 것이 바람직하다. 그러나 그럴 여건과 여유가 없다면 계단을 걸어서 올라가고, 사무실에서는 규칙적으로 스트레칭을 해주는 등, 생활 속에서 꾸준히 운동을 하는 것도 효과적이다.

질병은 조기 발견과 조기 치료가 중요하므로 정기적으로 건강 검진을 받는 것이 좋다. 따라서 먼저 자신의 건강관리를 책임지는 주치의主治醫를 확보하는 것이 중요하다. 명의名醫가 아니더라도 꾸준히 자신을 관심 있게 관리해 줄 수 있는 전문의를 찾는 것이 좋다.

주치의는 나이나 상황에 따라 가장 필요한 예방 조치가 무엇인지를 알고 있기 때문에 주치의와 상담해서 자신에게 맞는 건강관리계획을 세우는 것이 필요하다. 또 자신에게 가장 필요한 검사와 생활습관, 필요한 약 등에 대해 설명을 듣고 따르는 것이 현명하다.

건강을 지키는 데는 섭생이 중요하다. 무엇보다도 맵고 짜게 먹는 습관을 버리고, 규칙적이고 균형 있는 영양 관리에 힘써야 한다.

또 편식하지 말고 변화 있게 골고루 하루 세 번 규칙적으로 식사하는 습관이 꼭 필요하다. 그리고 신선한 채소와 과일을 끼니마다 섭취하면 각종 암과 성인병을 예방할 수 있다. 우유와 된장국도 위암을 예방한다.

포화지방산의 섭취를 줄이면 관상동맥 질환의 위험을 줄일 수 있다. 성인병의 원인인 콜레스테롤과 포화지방산의 섭취를 줄이기 위해서는 육류는 기름이나 껍질이 없는 부위를 섭취하고 달걀은 1주일에 3~4개 정도가 적당하다. 또한 잡곡밥과 곡류, 콩 등을 먹어 많은 복합당질複合糖質과 섬유소의 섭취를 늘리는 것이 필요하다.

금연禁煙과 절주節酒를 실천하고 스트레스를 없애는 것이 좋다. 흡연은 구강암, 방광암 등, 암의 제1원인이며, 심장병, 폐기종 등, 수많은 질병을 일으킨다. 흡연은 또 자신의 건강은 물론 가족과 동료의 건강까지 간접흡연間接吸煙으로 인해 해를 입게 한다.

공공 장소에서 담배를 피우면 과태료를 물게 되므로 건강도 지킬 겸, 금연하는 것이 여러모로 좋다. 금연이 어렵다면 병원의 금연클리닉이나 금연 학교를 통하여 금연하는 방법도 있다.

지나친 음주는 사고사와 부상을 부르고, 췌장염, 간경변증 및 간암의 원인이 된다. 술을 마시더라도 남자는 하루 2잔, 여자는 1잔을 넘지 말고, 매일 마시지 않는 것이 좋다.

건강은 아무리 강조해도 지나침이 없다. 금년에는 꼭 이런 계획을 실천하여 건강한 생활을 할 예정이다. (2002. 1. 19)

모유의 신비

지금 50대 사람들은 거의 모유로 자랐다. 1950년대 이전에는 사실상 분유를 구하기 힘들었다. 6·25 전쟁 이후에는 미군으로부터 배급받은 분유가 있었을 뿐이다.

그때의 분유란 지금과 같이 가공된 것이 아니고 유지분 함량이 높은 상태이기 때문에 배탈이 날 수도 있었다.

그러나 최근 젊은 여성들이 미용과 몸매를 이유로 유아에게 모유를 먹이지 않고 분유를 먹이고 있어 어린이들의 정서가 메말라 간다는 학자의 연구 발표가 있었다.

아기가 태어나기 전 대부분의 산모들은 대부분 모유를 먹이겠다고 하고, 실제로 출산 초기 한 달 정도는 모유를 먹이려고 노력한다.

하지만 한 달이 넘어가면 모유 수유율은 뚝 떨어지는 대신

분유와 함께 먹이는 혼합 수유율이 급증한다.

여기에는 여러 가지 이유가 있겠지만 최근 들어 '모유만 먹여서는 왠지 영양이 부족할 것 같아서' 라고 말하는 산모들이 늘어나고 있다.

'엄마 젖이 좋다.' 에 대한 확신부족 때문이다.

그러나 모유는 한 마디로 신비롭다는 연구 결과가 있다. 아직도 모유의 성분이 다 밝혀지지는 않았지만 모유 속에는 타우린 항암성분과 O-157균 억제 성분 등, 아기 생육에 필요한 모든 영양이 들어있다. 지금도 세계 각국에서 새로운 성분을 찾아내고 있다.

그때마다 인공적으로 만든 분유에도 해당 모유의 성분을 첨가했다고 분유 회사들은 선전하지만 그것은 어디까지나 흉내를 내는 것 일뿐, 같은 성분은 아니다.

모유는 강한 면역성분을 갖고 있다. 태반胎盤에는 G형 면역 글로블린이, 초유初乳에는 A형 면역 글로블린이 들어 있어 무균 상태인 아기의 장을 튼튼하게 해주고, 혈액에 침투하는 바이러스를 막아 준다.

그래서 모유를 먹인 아기들은 감기에 잘 걸리지 않는 등, 상대적으로 건강하다. 설사, 소화, 장애, 호흡기 감염, 알레르기 등에 걸릴 확률도 분유보다 낮다.

엄마 젖에 들어 있는 임파구 대식 세포 등, 살아 있는 세포

들이 질병과 맞서 싸운다. 설사를 일으키는 장 속의 바이러스에 대한 항체가 엄마 젖에서 24시간 이내에 생성된다.

엄마 젖의 면역성은 아기가 돌이 지나면 더욱 강해진다. 엄마 젖을 먹인 아기들의 지능지수가 분유를 먹고 자란 아이보다 8정도 높다는 조사 결과도 있다.

특히 임신 7개월에서 분만 첫주까지 나오는 초유에는 태변胎便을 배출시키고 황달을 예방하며 뇌세포 발달을 도와주는 타우린이 많이 들어 있다.

생후 4~6개월에는 굳이 다른 음식이나 물조차 필요 없을 정도다. 모유는 아기의 성장과 계절에 맞춰 저절로 성분이 달라진다. 그리고 모유에는 여름엔 수분이 많고 겨울엔 지방이 많다.

모유에는 필수 아미노산과 무기질도 풍부하며 뇌를 구성하는 당지질인 유당이 많아 머리가 좋아진다. 같은 영양분이라도 모유의 흡수율이 인공 분유보다 5배정도 높다. 단백질은 두뇌와 신경의 발달을 도와주는 반면, 분유의 단백질은 소처럼 근육과 뼈대를 키워 준다.

모유를 빨기가 우유병에 비해 60배나 더 힘들어 아기의 턱과 잇몸 발달에 도움이 되고 발음도 정확하게 되며 혈류량이 많아져 뇌가 발달하고 인내심도 강해진다.

모유는 빨수록 조금씩 지방분이 많아져 아기가 포만감을 빨리 느끼므로 과식 습관이나 비만이 자연스럽게 예방된다.

따라서 젊은 주부들은 사랑하는 아기에게 모유를 먹일 것을 권한다. (2002. 2. 6)

명성황후 시해弑害 보고서

최근 안방극장을 독차지하는 드라마 〈명성황후〉의 인기가 날로 치솟고 있다. 시아버지인 이하응 대원군을 몰아낸 민비는 고종의 친정親政을 유도했고, 정치에 깊숙이 참여한다. 그리고 고종이 정치를 잘 하도록 유도하는 등, 여걸女傑스러움이 이 드라마에서 역력히 나타나고 있다. 명성황후는 드라마뿐 아니라 오페라로도 공연되어 그녀에 대한 이야기는 모든 국민들이 잘 알고 있다.

당대의 여걸 민비, 명성황후의 최후는 비참했다. 그러나 명성황후의 죽음에 대한 정확한 사실은 알려진 바 없었으나 최근 러시아 외무부 비밀문서에서 그 참상이 밝혀져 우리를 경악케 한다. 교과서에는 명성황후 시해사건과 관련, '명성황후는 친 러시아파와 연결하여 일분의 침략세력을 제거하려 하였고, 이에 일본 침략자들은 명성황후를 시해한 후 을미사변을 일으켰다.' 고 간략하게 기술돼 있다.

다음은 러시아의 명성황후의 시해사건보고서다.

'1895년 10월 8일 새벽 5시경, 궁정 서쪽에서 총소리가 들려 황후의 처소로 급히 가니 25명 가량의 일본 낭인들이 누군가를 찾고 있었다. 그 중 절반 가량이 황후의 방으로 들어갔다. 일본 낭인들이 황후의 방으로 들어오는 것을 궁내 신하들이 막자 칼로 팔을 베어 버렸다. 황후가 상궁 옷을 입고 상궁 무리 안에 섞여 있어 누가 황후인지 알아볼 수 없게 되자 일본 낭인들은 상궁을 한 명 씩 끌어내 2.5m의 높이에서 아래로 떨어뜨렸다. 두 명이 떨어진 뒤 황후가 복도를 따라 도망갔고 일본 낭인들이 쫓아가 발을 걸어 넘어뜨린 뒤 가슴을 세 번 짓밟고 칼로 난자했다. 몇 분 후 시신을 소나무 숲으로 끌고 갔으며 얼마 후 그 곳에서 연기가 피어오르는 것을 보았다.'

이것이 보고서 요지이다.

이 보고서에는 사건 발생 직후 고종이 발표한 성명서와, 대한제국 러시아 공사 이범진李範晋과 궁정경비대 부령이었던 이학균李學均 등, 당시 궁내에 있었던 사람들의 보고서, 사건 현장을 직접 목격한 한 상궁과 러시아인 건축기사 '세르진사바틴' 의 증언록 등이 첨부돼 있다. 그리고 고종이 명성황후 시해사건 당일, 사건의 징후를 미리 알고 있었다는 사실과 황후를 살해했던 일본인들의 이름 등이 명시되어 있다.

당시 명성황후는 친 러시아 성향을 보였다. 그런 연고로 명성황후가 시해되자 러시아 대사관에서는 대응방안 마련과 정확한 진상 파악을 위해 노력했으며 그 결과가 바로 웨베르 보고서이다. 지금까지 명성황후 시해 용의자에 대한 추측이 난무했을 뿐, 한번도 구체적인 이름이 거론된 적이 없었는데, 이번 보고서는 사건의 전모를 명확히 밝히는데 진일보進一步한 증거가 된 것이다. 이 밖에도 황후의 죽음을 목격한 고종의 둘째 아들 처소의 상궁과, 러일본 세력의 견제를 위해 궁정에 고용됐던 '세르진사바틴'의 증언록證言錄은 일본인들의 잔혹한 범행을 생생하게 묘사하고 있다.

일본인이 지난 일본제국시대, 우리 민족에게 행한 행위는 이루 다 말 할 수 없을 정도다. 그런데 이번의 이런 기록으로 일본인의 잔악상이 다시 한번 천하天下에 노출된 것이다. 우리는 다시 한번 일본의 잔악성殘惡性과 그들에게 그런 수모를 당하게 된 역사를 되새겨 앞으로 나아갈 바를 확실히 해야 한다. (2002. 6)

다른 나라의 구조조정

2

몸을 깨끗이 하고자 하면 때를 벗겨야 합니다.
손·발톱은 꼭 필요하지만 너무 길면 잘라내야 합니다.
곧은 재목을 얻고자 하면 곁가지를 살라내야 합니다.
길이 패이면 패인 곳을 돋워야 합니다.
앞으로 나아가고자 하면 뒤에 묶인 끈을 끊어야 합니다.
모두 옳은 말입니다.
우리는 이 평범한 진리를 간과했기에
지난 날 I.M.F의 통제를 받아야 했습니다.
아직도 우리 나라의 경제는 살얼음 위를 걷고 있습니다.
정치인, 경제인, 나아가 국민 모두 정신 차려야 합니다.
다른 나라의 경제운용을 타산지석으로 삼아야 한다는 생각에서
틈틈이 생각하고 연구했던 것들을 정리했습니다.

태국의 금융구조조정

1980년대 공업화에 성공한 태국은 1990년대에 들어와 무역 및 서비스산업의 육성을 위하여 자본자유화조치를 단행하고 금융기관들의 외자도입을 장려했다. 특히 파이낸스(Finance ; 한국의 종금사와 유사)사에 대하여는 외자도입과 대출실적에 따라 은행으로의 전환을 허가하기로 약속했다.

당시 태국에서는 은행의 설립 요건이 까다롭고 대단히 어려웠기 때문에 파이낸스사들은 앞을 다투어 외자도입에 앞장섰다. 그리고 무분별하게 대출을 확대했다. 대출이 확대되자 이 자금은 곧 부동산과 증권에 투자되어 반향을 일으켰는데 95년 이후 급격한 세계적인 경기불황의 여파로 인하여 금융기관의 부실채권 규모가 커지고 거기에다 외국투자가들의 외국자본은 썰물 빠지듯이 급속히 빠져나갔다.

따라서 외화의 고갈을 견디지 못한 태국정부는 97년 7월 18일, IMF에 구제금융을 신청하여 8월 3일, 대기성차관협정을 체결하게 되었다. 이 때 태국정부는 어쩔 수 없이 IMF 프로그램에 의한 경제운영과 금융개혁을 약속하지 않을 수 없었다.

1. 경제운영과 그 성과

태국은 IMF 협정 이후 재정 및 금융긴축, 고금리 처방 등, 일련의 개혁적인 경제정책을 채택했다. 외환부문에서는 대미환율 1달러=25바트로 고정되어 있딘 환율을 변동환율제로 전환했다. 그 결과 경제성장률은 98년 2/4분기-12.7%, 3/4분기-13.2%로 하락하면서 극도로 경기불황을 나타냈다. 때문에 환율은 98년 1월 달러 당 52.7바트까지 치솟았다. 환율의 폭등에도 불구하고 대외 수출은 금융위기 전 분기에 145억 불(97년 3/4분기)에서 127억 불(97년 1/4분기)로 감소되고 외환보유고는 380억 불에서 270억 불 수준까지 감소됐다.

태국은 98년 한해 동안 강력한 금융구조조정으로 대외신인도를 회복하는데 집중적인 노력을 했다. 이러한 태국정부의 노력은 침체된 경기를 활성화하는데 기여했다. 그런 노력의 성과를 바탕으로 99년도에는 대대적인 경기부양책을 폈다. 태국은 99년 3월, 내수진작과 고용창출을 주요 목적으로 하는 35억 불(GDP 대비 2.6%) 규모의 경기부양책을 발표하고 소비촉진을 위한 세금인하, 저소득층의 세금감면조치를 단행했다. 또 동년 8월에는 생산분야에 대한 투자증대를 목적으로 하는 30억 불 규모의 경기부양책을 발표하면서 기업에 대한 자금지원을 약속하고 625개 품목에 대한 수입관세를 인하하는 조치를 단행했다

정부의 이러한 일련의 조치에 힘입어 99년 중 태국은 약 3.2%의 경제성장률을 기록했고, 환율은 달러 당 38바트 수준으로 안정되었으며, 4/4분기 대외수출은 155억 불, 연말기준 외환보유고는 348억 불 수준으로 회복되었다.

2. 금융구조조정

금융부문의 개혁을 위하여 IMF는 우선 금융기관에 대한 부실채권분류기준과 대손충당금 설정기준을 강화하여 자기자본확충을 유도하면서 특히 부실 파이낸스사의 처리를 요청했다. 또한 금융부문 구조조정을 전담할 금융구조조정청(FRA, Financial Sector Restructuring Authority)과 부실금융기관의 자산을 처

리한 자산관리공사(AMC, Asset Management Corporation)의 설치를 요구했다.

태국정부는 곧 부실채권과 대손충당금 관련 규정을 국제기준에 맞게 수정하고 97년 10월, FRA와 AMC를 설립했다. 또한 예금자들의 대량인출사태를 막기 위해 중앙은행산하의 금융기관개발기금(FIDF, Financial Institute Development Fund)에 예금보험기능을 공식화했다. FIDF의 본래 기능은 금융기관들의 유동성 지원이었으나 예금보험기능이 추가됨으로써 한국의 예금보험공사와 유사한 기관이 되었다.

FRA는 동년 12월, 91개의 파이낸스사 중 56개 사를 폐쇄한 데 이어 나머지 35개 사의 자본확충을 유도하고 있다. 이후 이들 파이낸스사의 일부는 자체적인 자본확충에 성공하였고, 7개 사는 국영화하여 정상영업이 가능하게 되었으나 나머지 중소규모회사는 통합이 불가피하다.

98년 8월 14일, 정부는 금융개혁패키지를 발표했는데 그 주요 내용은 다음과 같다.

(1) 중앙은행은 6개 은행과 12개 파이낸스사에 개입하여 구주주의 주식을 소각하고 FIDF(금융기관개발기금, Financial Institutions Development Fund)를 통해 정부가 지원한 대여금을 출자 전환하는 방법으로 국유화하여 자산건전성을 강화한다.

(2) 국유화된 4개 은행 중 2개 은행을 조기에 국내외 민간부

문에 매각하고 나머지 은행은 자신부채 이전 또는 국유 은행에 합병 등의 방법으로 구조조정 후 매긱을 준비한다.

(3) 정부는 3,000억 바트 규모의 공적자금을 조성하여 금융기관의 자본확충을 지원한다. 이 자금은 금융기관들의 여건에 따라 우선주를 매입하든가 은행채를 국채와 교환해주는 방법으로 지원한다. 이 공적자금의 활용과 금융구조조정을 감독하기 위하여 금융구조조정 자문위원회(Financial Restructuring Advisory Committee)를 설치한다.

(4) 금융기관들의 (민간)자산관리회사의 설립을 허용한다. 금융기관들이 우량자산과 부실자산을 분리하여 자산관리회사로 이전시키는데 있어 관련 세금을 면제하고 규제를 완화한다. 또한 이러한 공적자금의 조성, 은행들의 AMC 설립 등 금융구조조정의 원활한 추진을 위하여 관련 법제를 정비한다.

태국정부는 이러한 결정에 따라 이미 국유화한 Bangkok Metropolitan Bank와 Siam City Bank의 매각을 추진중이다. Bangkok Bank of Commerce는 자산을 분리하여 우량자산을 국영 Krung Thai Bank(KTB)에, 부실자산은 AMC로 각각 이전시킨 후 폐쇄되었으며, First Bangkok City Bank는 KTB가 인수했고 Union Bank of Bangkok은 Krung Thai Thanakit사가 인수했다. 결국 태국의 상업은행은 15개에서 11개로 줄어 들어든 것이다.

FRA는 98년 3월, 라타나신은행(Radhanasin Bank)을 설립하여 폐쇄된 56개의 파이낸스사의 우량자산을 이전, 관리하도록 하고(Good bank) 부실자산은 국제입찰의 방법으로 매각처분했다. 이 라타나신은행도 민영화 대상이 되어 상당한 진척을 보이고 있다.

3. 태국 FRA의 부실채권정리

태국의 부실채권정리는 FRA와 AMC가 담당한다. FRA는 폐쇄된 56개 파이낸스사의 자산을 처분하는 업무를 담당하고 AMC는 FRA가 매각하는 파이낸스사의 부실채권은 물론 은행 부실채권까지 매입하여 관리하는 업무를 담당한다. FRA는 98년 이후 폐쇄 파이낸스사의 자산을 매각하여 상당한 금액을 회수하였으나 AMC는 은행과 파이낸스사의 부실채권을 상당 규모 매입만 했을 뿐, 그 관리업무는 아직 본격적으로 개시하지 못하고 있다.

FRA의 부실채권 매각에 대한 재무자문은 Lehman Brother사가 맡았다.

제1차 입찰은 98년 6월 25일 실시됐는데 매각 대상은 자동차할부금융(Auto-hire purchase contracts)으로서 모두 9개 tranche,

총채권액 518억 바트(1.55조원) 규모의 자산을 248억 바트에 매각, 47.9%의 회수율을 보였다. 이 입찰에서는 GE Capital & Goldman Sachs가 주요 낙찰자가 됐다.

동년 8월 13일 실시된 제2차 입찰에서는 채권액 240억 바트(7,200억 원) 규모의 주택저당채권 자산이 단일 tranche로 매각됐는데 매각대금은 115억 바트로서 역시 47.9%의 회수율을 보였다. 이 입찰에서는 재무자문기관인 Lehman Brother 자신이 낙찰에 성공하여 다른 입찰기관으로부터 비난의 대상이 되기도 했다.

제3차 입찰은 초 대규모로서 45개 tranche, 총 3,846억 바트(11.5조원)의 기업대출채권(Business Loan)을 대상으로 했다. 98년 12월에 실시된 이 입찰에서 FRA는 전량매각에 실패, 대상자산의 40%인 15개 tranche, 1,557억 바트의 채권만 매각하여 390억 바트(채권액 대비 25%)를 회수했다. 이 입찰에서는 Goldman Sachs와 같은 외국투자자뿐만 아니라 Kiatnakin Fin & Sec와 같은 현지투자가도 대거 진출하여 낙찰에 성공했다.

이번 입찰의 특징은 이른바 제안입찰(Unsolicited Bid)방식을 일부 도입한 점이다. 즉 입찰자가 일부 채권을 선정하여 채무기업의 채무조정 또는 기업개선계획을 제출하면 FRA는 당해 채권을 별도의 tranche로 분리, 입찰에 붙이는 방식이다. 12

월 입찰에서는 이러한 방식으로 설정된 3개 tranche가 포함
되어 있었는데 모두 현지 Kiatnakin Fin & Sec사에게 낙찰
됐다.

FRA는 12월 입찰에서 유찰된 2,215억 바트의 채권을 45개
tranche로 세분하여 그 다음해인 99년 3월 19일에 재입찰했
다. 입찰결과는 매우 저조해서 매각대금은 403억 바트, 회수
율은 18.2%에 불과했다. 더욱이 제안입찰방식이 아닌 일반입
찰대상 36개 tranche 중 29개 tranche를 태국 AMC가 떠안는
결과를 나타냈다.

FRA의 부실채권 매각현황

1999. 12. 31 현재 (단위 : 백만 바트, %)

매각일	자산의 종류	채권액	매각대금	회수율
1998. 6. 25	자동차 할부 금융	51,812	24,858	47.9
1998. 8. 13	주택 저당대출	24,617	11,520	47.9
1998. 12.	기업대출 - 1차	155,676	39,980	25.7
1999. 3. 19	기업대출 - 2차	221,536	40,319	18.2
1999. 7. 6	건설자금대출	1,295	158	12.0
1999. 8월 · 11월	상업자금대출, 기타	159,357	40,914	25.7
계		614,495	156,749	25.5

이후 FRA는 건설자금대출과 상업자금대출에 대한 국제입찰
을 실시하였으나 회수율은 각각 12%, 25.7%의 저조한 실적을

보였다. FRA는 98년부터 99년 말까지 핵심자산(대출채권)의 국제입찰을 통하여 모두 1,594억 바트의 자금을 회수했고 여기에 비핵심자산(골프회원권, 차량, 비품, 장비, 미술품, 유가증권 등)의 매각액을 합하면 회수액은 모두 1,935억 바트(5.8조원)에 달한다.

4. 기업구조조정

태국 역시 회생이 가능한 기업에 대하여 파산에 앞서 채무조정 등의 조치를 통해 기업의 생존을 유도하고 있다.

우선 태국정부는 과거 파산법이 기업구조조정에 걸림돌이 되고 있다는 외부의 비판과 IMF의 요구에 따라 99년 2월 파산법을 개정했다. 개정된 파산법 하에서는 채무자가 법원의 승인을 받아 재생의 기회를 가질 수 있으며 채권자가 지급불능상태에 빠진 기업에 대해 추가자금을 지원할 경우에도 과거와 달리 채권회수가 가능하게 되었다. 또, 사적채무조정(Out-of-court Workout)도 가능하게 되었으며 파산절차의 간소화를 위하여 특별법도 설치됐다.

이와 더불어 태국정부는 유질(流質) 처분(foreclosure)법을 개정하여 채권자가 채권회수를 신속히 할 수 있도록 하는 한편 기업채무조정과 관련하여 자산을 매매하는 경우 관련 세금을 면제하도록 조치했다.

태국에서는 이러한 파산법에 의한 기업채무조정방식 외에 태국중앙은행 산하에 기업채무조정자문위원회(CDRAC, Corporate Debt Restructuring Advisory Committee)를 두어 민간기업의 기업개선 작업(work-out)을 지원하고 있다. CDRAC은 한국의 기업구조조 정위원회(Corporate Restructuring Coordination Committee)와 성격이 유 사하며 기업개선작업에 있어 이른바 영국식처리방법(London App -roach)을 채택하고 있다. London Approach는 오늘날 한국과 동남아 각국에서 채택하고 있는 방식으로 그 특징은 채무기업 과 채권금융기관의 자율적인 협상에 의해 구조조정을 추진하 되 중앙은행이 적극적인 중재자로서 역할을 한다는 것이다.

CDRAC은 1998년 6월 설립되었으며 99년 9월까지 기업개선 작업 조정실적은 다음과 같다.

CDRAC의 기업개선조정실적

1999. 9. 30 현재   (금액단위 : 10억 바트)

구분	대기업		중소기업		계	
	업체 수	채권액	업체 수	채권액	업체 수	채권액
조정완료	117	316.0	330	3.5	447	319.5
조정 중	585	1,184.0	1,931	40.5	2,516	1,124.5
계	702	1,500.0	2,261	44.0	2,936	1,544.0

인도네시아의 금융구조조정

인도네시아 정부는 수하르토 대통령 주도하에 1969/70년부터 1994/95년까지 25년간 제1차 장기경제개발계획을 성공적으로 달성함으로써 본격적인 산업화의 궤도에 진입했다. 이 기간 중 인도네시아는 수입대체산업과 수출산업의 육성에 목표를 두고 공업화를 추진, 연 6.2% 내지 7.5%의 높은 경제성장을 구가했다. 수하르토 정부는 1994/95년 다시 제2차 장기경제개발계획을 수립하고 선진공업국가로의 진입과 연 7.3%의 경제성장을 목표로 경제개발을 추진 중에 있었다. 제2차 계획기간 중 특히 첫 5개년은 항공, 조선, 위성통신 등 첨단사업을 집중적으로 육성하고 과도한 차입억제, 안정적 성장추구, 채무부담의 경감을 경제운영의 기본으로 하였다. 그러나 1997년 하반기에 발생한 외환위기와 경기침체는 인도네시아의 이러한 경제의 틀을 근본적으로 흔들어 놓았다.

경제위기가 밀어닥친 1997년 인도네시아의 경제는 4.9%의 성장에 머물렀고 98년에는 -13.2%(4/4분기 -19.5%) 성장이라는 최악의 경기불황을 겪었다. 1달러 당 2,500루피아 수준이던 대미환율은 98년 7월 14,000루피아로 폭등(가치하락)했고 주가지수는 800선에서 98년 10월 300선으로 무너졌다. 99년에 들어와 경제성장률은 1/4분기에 -8.0%를 기록하나 이후 2/4분기에는 +1.8%로 호전되어 뚜렷한 경기회복세를 보였지만 주변 태국(3.5%), 말레이시아(4.1%)에 비하면 대단히 저조한 실정이다. 더구나 99년 중 국내수요증가율은 태국, 말레이시아, 필리핀이 각각 4.6%, 3.0%, 2.4%를 나타낸 데 비해 인도네시아는 -0.5%를 나타냈다. 이는 과거 수하르토정권 말기의 부패와 정치적, 사회적 불안, 경제 및 금융구조조정의 부진, 이에 따른 대외신인도의 추락으로 인한 것이다.

1. IMF 협정과 경제개혁

인도네시아 정부는 외환위기가 발생한 1997년 10월 8일 IMF에 긴급지원을 요청하여 10월 31일 100억 불(ADM, 세계은행, 미국·일본 등의 지원금을 포함하면 342억 불)의 구제금융을 지원 받기로 합의했다. 이와 동시에 인도네시아 정부는 거시경제운영에 일정한 통제를 설정하는 것은 물론 특히 금융 및 기업부문의 강도 높은 구조조정을 약속했다. 금융구조조정은 부실금융기관과 부실채권의 신속한 정리와 금융기관건전성 규제의 대폭적인 강화를 그 내용으로하고 있고, 기업부문의 구조조정은 기업의 투명성 제고와 주주책임의 강화, 경영의 합리화에 중점을 두는 것이었다.

이 합의에 따라 수하르토 정부는 97년 11월, 16개의 민간은행을 폐쇄함으로써 금융구조조정에 대단한 의욕을 보였으나 이후 정치적 지지기반의 약화와 함께 경제개혁은 더 이상 이렇게 할 진전을 보지 못했다.

수하르토 대통령의 퇴진 이후 후임 하비비 대통령 역시 본격적인 금융구조조정작업을 개시했으나 경제개혁의 완성을 보지 못한 채 지난 99년 10월 대선 출마를 포기했다. 99년 선거에서는 압둘라만 와히드 대통령이 당선되어 인도네시아 경제회생의 무거운 짐을 지게 되었으나 와히드 대통령에 의한 평화적인 정권교체를 계기로 정국은 안정기조를 되찾고 있고 대외신인도의 향상과 함께 환율안정, 주가상승 등 경제회복에 청신호가 나타나고 있다.

신임 와히드 대통령은 대외신인도 회복을 통한 적극적인 외자유치, 특히 화교자본의 환류를 통한 투자환경조성에 힘쓰고 있으나 아직 안정적인 정치기반을 다지지 못한 데다 아체 지역의 분리독립운동 등 정치적 현안문제 때문에 경제개혁에 집중할 수 없는 상황이다. 다만, 이러한 어려운 여건 하에서도 주변국들의 지원과 경기회복세에 힘입어 99년 4/4분기 4.4.%의 경제성장을 기록했고 주가지수는 700선을 회복했으며 환율은 달러 당 8,000루피아 선에서 안정되고 있다. 2000년 중 경제성장률은 2.5%, 국내수요증가는 4.3%로 예상(OECD)하고 환율은 달러 당 7,000루피아 선에서 안정될 것으로 보인다.

2. 금융부문의 구조조정현황

인도네시아 정부는 IMF와의 합의에 따라 98년 1월, 인도네시아 은행구조조정청(IBRA, Indonesia Bank Restructuring Authority)를 설립, 금융구조조정의 중심역할을 하고, 우선 97년 11월에 폐쇄된 16개 은행을 관리하게 하였다. 이와 아울러 정부는 자산관리공사(AMU, Asset Management Unit)를 설립하여 부실은행의 자산을 인수, 정리하게 하였다.

IBRA는 98년 8월 21, 지급불능상태에 빠진 것으로 판명된 7개 은행의 정리방침을 발표한 바, 정리대상 7개 은행 중 3개 은행은 영업정지 시키고 4개 은행은 국영화하기로 하였으며 또한 Bank Mandiri라는 새로운 은행을 설립히여 기존 7개 국영 은행 중 Bank Exim 등 4개 은행을 이 은행에 합병하기로 했다.

이어 동년 9월에는 은행 부문의 종합적인 개혁방안을 발표했는데 그 주요 내용은;

(1) 자기자본비율이 -25%내지 4%인 은행(B 등급) 중 지급능력이 취약하고 회생가능성이 낮은 21개 은행과 자기자본비율이 -25%미만(C 등급)으로 회생가능성이 없다고 판단되는 17개 은행은 폐쇄한다.

(2) 자기자본비율이 -25%내지 4%인 은행(B 등급) 중 예금주가 80,000명 이상이고 대규모 점포망을 소유하고 있는 7개 은행은 정부가 경영권을 인수하여 국유화한다.

(3) 자기자본비율이 -25%내지 4%인 은행(B 등급) 중 회생가능성이 있는 은행은 99년 4월 21일까지 자본재구성(확충)을 실시하여 자기자본비율을 4%이상으로 유지해야 한다. 이를 위하여 필요한 자금의 20%는 해당은행이 자체적으로 조달하고 80%는 정부가 증자지원한다.

(4) 자기자본비율이 4%인 은행(A 등급)은 건전 은행으로 분류하여 자본재구성 대상에서 제외하되 사업계획서를 제출하여 정기적으로 자본상태를 평가한다고 되어 있다.

이 방안에 대한 구체적인 조치로 99년 3월에는 현지 민간은행 128개 중 30%에 해당하는 38개 부실은행의 폐쇄를 단행했다. 한편, IMF에 금융부문개혁에 관한 의향서를 제출했는데 그 주요내용으로는 국영 Mandiri 은행에의 자본금 투입, 기타 국영은행과 민간은행의 자본확충, 은행 간부와 지점축소 및 운영구조조정, IBRA 관리 하에 있는 은행들의 처리, 금융관련 법규와 감독체계의 개선 등이 포함되어 있다. 특히 국영은행의 채무자 중 20대 채무자들로부터는 자산을 강력히 회수한다는 것이었다. Bank Mandiri의 설립, 동 은행의 4개 국영은행 합병, 나머지 3개 국영은행의 구조조정과 민간은행의 자본확충 등 일련의 개혁프로그램은 2000년 3월까지 추진하기로 하고 이를 위한 추진위원회를 설립했다.

이로서 99년 말 현재 인도네시아는 모두 54개의 민간은행을 폐쇄하고 7개 은행을 국유화하였으며 9개 은행을 증자지원한 실적을 보이고 있다.

그 동안 IMF는 인도네시아의 금융구조조정(부실은행의 폐쇄)이 부진하여 차관지금의 지원을 연기시켜 왔었으나 정부의 이러한 일련의 개혁조치는 IMF나 관련 국가들로부터 긍정적인 평가를 받았으며 IMF의 추가자금제공을 앞당기게 하였다.

정부는 자본재구성 대상인 B등급 은행의 자본확충을 위하여 공적자금을 조성하기로 했으며 해당은행은 필요자금의

20%를 자체 조달해야 하기 때문에 서둘러 신주발행이나 외국은행과의 합병을 추진하고 있다. 이 프로그램에 필요한 공적자금의 규모는 약 300조 루피아(약 325억 불)로 설정되었는데 이 비용은 국채발행, 국영기업의 민영화, 폐쇄은행 보유자산의 매각을 통해 조달할 계획이다. 그러나 경기침체하의 인도네시아에서 국채발행의 성공여부가 불투명한 데다 국채발행에 따른 과다한 이자 비용의 부담, 부실은행의 자본확충지원에 대한 특혜시비 등, 여론에 부딪쳐 실효를 거두지 못하고 있다. 신임 대통령이 정치현안문제를 신속히 해결하고 사회안정에 성공을 거둔다면 이후 금융구조조정은 본격적으로 추진될 것으로 보인다.

3. 부실채권의 정리

99년 말 현재 인도네시아의 부실채권규모는 194조 루피아(27조원)로서 총 대출액 대비 60%나 된다. 이는 한국의 26%, 말레이시아의 15%, 태국의 43%와 비교가 된다. 인도네시아 정부는 IBRA의 설치와 더불어 자산관리공사(AMU, Asset Management Unit)를 설립하여 IBRA 관리 하에 있는 부실은행들의 자산을 처리하게 하고 있는데 부실자산에 대한 정리업무는 아직 본격화되지 못하고 있다.

4. 기업구조조정

1998년에 들어서 인도네시아 정부는 통신, 시멘트, 항만, 공항, 철강, 광산 등 8개 부문 12개 공기업의 민영화를 추진해 왔고 민간기업에 대하여도 강도 높은 구조조정을 실시하고 있다.

인도네시아 기업들의 구조조정을 추진하기 위하여는 막대한 규모의 채무문제가 해결되어야 하며 채무문제가 신속히 해결되기 위하여는 회생 불가능한 기업의 파산절차가 원활히 이루어져야 한다. 이에 인도네시아 정부는 기업의 파산을 사실상 불가능하게 했던 기존의 파산법을 개정하여 절차를 간소화했고 기업의 파산사건을 전담할 특별상업법정을 설치했다.

이와 아울러 민간기업의 800억 불에 달하는 막대한 규모의 외채상환을 원활하게 하기 위하여 외채구조조정청(INDRA, Indonesia Debt Restructuring Authority)을 설립하여 기업을 지원하고 INDRA와 중앙은행간의 역할조정을 위해 민간채무조정팀(Indonesia Private Sector Debt Settlement Team)을 구성했다.

인도네시아의 정부계 투자은행인 다나렉사(PT Persero

Danareksa)사는 외환위기 이후인 99년 4월, 주요기업으로서는 최초로 4억 불 규모의 외재를 구소소성하기로 해외채권단과 합의했다. 동사는 4억 3,800만 불의 채무에 대하여 약 24%는 면제받고 나머지 채무는 이자율을 낮추고(Libor+50~100bp) 상환기간을 3년 내지 8년까지 연장하는데 성공했다. 동사의 채무 일부면제는 채권자들의 채권을 1달러 당 49.5센트에 동사가 되사는 방식(소위 '역(逆 ; Douch) 경매'라 함)이 취해졌으며 채무조정은 환매조건부 채권과 중장기 신규 채권을 발행, 교환하는 방범으로 이루어졌다. Danareksa사의 이러한 성공은 그 동안 대외신인도가 실추되었던 인도네시아에서 외채구조조정이 진전될 수 있는 전기를 마련한 것으로 평가된다.

마하티르 수상의 자주경제

1. 말레이시아의 경제개혁과 금융구조조정

1997년, 금융위기가 밀어닥쳤던 한국과 동남아 국가들은 98년 최악의 경기침체와 실업사태를 겪으면서도 심도 있는 경제개혁을 추진, 99년 2/4분기를 기점으로 경기는 일제히 회복세를 나타냈다. 경제개혁과정에서 한국과 태국, 인도네시아는 IMF의 프로그램을 따랐고, 말레이시아와 싱가포르, 필리핀은 각기 독자적인 노선을 걸어왔다. 특히 말레이시아의 거시경제 운영과 금융구조조정은 한국과 상반된 국면을 자주 보여왔다.

한국정부는 97년 12월, IMF와의 차관협정을 계기로 거시경제의 긴축, 자본시장의 개방, 금융부문의 구조조정과 기업구조의 개혁을 동시에 추진했다. 금융구조조정에 있어서는 부실금융기관을 폐쇄, 매각, 합병시키는 한편, 부실채권을 성업공사(현 한국자산관리공사)에 넘겨 신속하게 치분해 왔다.

반면에 말레이시아 정부는 IMF의 금융지원 제의를 거부하면서 독자적으로 금융 및 재정긴축을 추진하는 한편 외환과 자본시장과 관련하여서는 강력한 규제와 통제정책을 채택했다. 또한 금융구조조정에 있어서는 일부 파이낸스사를 은행권에 합병시키는 정도에 머물고 부실채권정리에 있어서도 처분보다는 관리위주로 나가고 있다. 마하티르 수상이 이끄는 말레이시아 정부가 이러한 독자적 경제노선을 취하는데 대하여 주위에서는 많은 불안과 우려를 나타내기도 했다.

그러나 오늘날 양국의 경제는 다같이 확실한 회복국면에 들어가 있다. 여기서 우리는 한국과 말레이시아가 지금까지 어떻게 경제개혁을 추진해왔으며 특히 금융구조조정과 부실채권정리는 어디까지 와 있는가를 비교해 살펴보고 양국의 경제정책이 가진 의미를 생각해 보기로 한다.

2. 금융위기의 발생과 한국의 경제정책

한국정부는 1997년 12월 3일, IMF로부터 155억 SDR(210억 불 상당)의 대기성차관도입을 위한 협정을 체결하면서 한국의 경

제운영에 관한 양해각서를 제출했다. 그 주요 내용은,

가. 거시경제정책 : 경제성장은 98년은 3% 이내로 하고, 99년에는 잠재 성장률 수준으로 하며, 유동성을 대폭 환수하여 물가 상승률을 5%이하에서 안정시키고, 경상수지 적자를 GDP 대비 1% 이내에서 유지함.

나. 금융부문 구조조정 : 은행, 증권, 보험과 제2금융권에 대한 통합 금융감독기구를 설치하여 부실금융기관과 부실채권을 정리하고 금융부문에 대한 외국인 투자를 개방함.

다. 외환과 자본 시장을 개방하여 외국인 투자를 확대하고 기업지배구조와 기업구조를 개혁하며 무역자유화, 노동시장의 유연성 제고, 금융정보의 공개를 강화하는 것으로 되어 있다.

이에 따라 정부는 96년 6.8%, 97년 5%이던 경제성장률을 98년 2.5%로 하향 설정하고 동년 3월, 8.1조원의 세출삭감과 4.3조원의 세수확충이라는 초긴축재정을 편성, 국책사업 등 재정지출을 대폭 삭감했다. 그 결과 98년 경제성장률은 마이너스 5.8%를 기록하고 실업률은 8%대를 넘어 실업자 수가 한때 200만 명에 달하는 고통을 겪어야만 했다. 이 기간 중 종합주가지수는 300선 아래로 폭락하고, 시중 금리는 30%선, 대미환율 2000 : 1 선에 육박한 때가 있었다. 정부는 여기서 재정의 긴축보다는 경기부양이 절실히 필요하다고 인식하기에 이르렀다.

98년 5월, 환율과 외환시장이 안정되자 정부는 통화긴축을 완화하고, 7월에는 IMF와 협의하여 금리와 환율의 통제에서 벗어나도록 하였으며, 9월에는 추경예산을 편성하여 재정적자를 GDP의 5%인 21.5 조원 규모로 확대했다. 이러한 정책전환은 이후 실물경제의 안정에 크게 주효하여 1999년 경제성장률은 10%선으로 대폭 호전되고, 실업률은 4.4%로 축소되었으며, 연말주가지수는 1,000을 기록하고 환율은 1,100원대로 안정되어 오늘에 이르고 있다.

3. 말레이시아의 독자적 경제운용

1997년, 태국과 인도네시아의 외환위기는 말레이시아에 파급되어 주가와 통화가치를 크게 하락시키고 물가상승과 금융기관 부실화, 외채상환부담의 가중, 외자유출 등의 사태를 초래하게 되었다. 이에 말레이시아 정부는 곧 금융 및 재정긴축에 착수했다.

97년 9월, 대형 국책 프로젝트의 추진을 중단하고 12월에는 경제 긴급대책을 수립, 98년도 예산을 18%나 감축하는 등 IMF 프로그램에 버금가는 긴축정책을 발표했다.

재정지출과 통화증가율이 억제되자 시중금리는 5~6% 수준에서 11~12% 수준으로 상승하고 기업의 신용경색은 곧 각 부문에서 생산활동을 격감시켰다. 그 결과 98년 2/4분기 경제 성장률은 마이너스 6.8%를 기록하고 주가는 지수 1,000포인트에서 500포인트대로 폭락했다.

경기침체에 불안을 느낀 말레이시아 정부는 98년 6월, 경제 정책기조를 긴축에서 경기부양 쪽으로 전환, 재정지출액을 당초 계획보다 19%나 확대하기로 결정하고, 동년 7월에는 그동안 보류했던 국책 개발프로젝트를 다시 추진하기로 했다. 정부의 이러한 정책전환에 대해 미국과 IMF는 우려를 나타냈고, 외환과 주식시장에서도 부정적인 반응을 보였다. 대미환율 1달러 당 2.5링깃 수준에서 4.0링깃 선으로 치솟는 외환의 불안은 곧 물가상승, 외채부담증가, 외자이탈 등 부작용으로 발전하기에 이르렀다.

이에 말레이시아 정부는 9월 2일, 환율정책을 변동환율제에서 고정환율제로(1달러=3.6링깃) 바꾸고, 링깃貨의 환전과 대외거래를 제한하는 강력한 외환규제 및 자본통제조치를 단행했다. 이 조치에는 현지 증권에 투자한 외국인에 대해 1년 이내 매도를 금지하는 파격적인 통제가 포함되어 있는데, 이는 외국 핫머니에 의한 외환과 주식시장의 교란을 막고, 자국 통화정책에 독립성을 확보하고자 하는 정부의 의지가 내포된 것이다. 이와 아울러 9월 14일에는 은행의 지불준비율을 6%에서

4%로 조정하는 등 금리인하정책을 발표했고, 10월 23일에는 재정적자폭 확대아 조세감면 획대를 골자로 하는 99년도 예산안을 편성, 의회에 제출했다. 정부의 이러한 일련의 조치로 98년 3/4분기 이후 외환보유고가 증가하고 4/4분기 이후 수출이 증가하는 등 경제안정에 도움을 주었지만 경기침체는 더욱 심각해지고 있었다.

이는 자본통제조치 이후 외국인투자가 거의 중단된 데다가 국내 은행들마저 기업부실화를 우려, 대출을 꺼려해 왔기 때문이었다. 말레이시아 정부는 99년 2월 15일, 외국자본의 국외유출금지를 허용하는 대신 유출세를 부과하는 방식으로 자본통제를 완화했다. 이러한 완화조치는 동년 4월과 9월에 더욱 확대되어 외국인 투자 중 상당부문에 대하여 유출세도 물지 않고 대외로 송금할 수 있게 되었다. 정부의 이러한 조치에 힘입어 경제성장률은 99년 2/4분기 4.1%의 흑자로 전환되었으며, 이후 대미 수출의 증가와 아시아지역의 경제호전으로 99년 평균 5.3%의 경제성장을 이룩했다.

4. 한국의 금융부문 구조조정

금융부문의 개혁은 금융기관의 건전성 감독체계를 강화하여 시장질서를 확립하고 공적자금지원을 통해 금융기관의 부실채권을 정리함으로써 자산건전성을 강화하는 한편 부실금융기관은 퇴출시키는 데 초점을 두고 있다.

한국정부는 97년 말 기준으로 BIS기준 자기자본비율이 8%에 미달하는 12개 은행에 대한 구조조정을 실시했다. 이중 동남, 동화, 충청, 경기, 대동 등 5개 은행을 자산부채이전 방식으로 정리하고 나머지 은행은 타 은행과의 합병, 외국자본에 의한 자기자본 확충 등의 방법으로 구조 조정했다. 이와 함께 제일은행은 미국계 New Bridge Capital에 지분매각하고 서울은행은 외국은행에 매각 또는 위탁 경영을 추진하고 있다.

한편 종금사에 대하여는 재산실사 및 경영정상화계획심사를 실시하여 이를 토대로 98년 2월부터 8월 사이에 16개 사를 인가취소하였으며, 2개 종금사를 은행과의 합병을 통해 업종을 전환시켰다. 증권사의 경우 98년 6월, 고려, 동서 등 2개 사를 허가취소한데 이어 장은, 동방페레그린증권을 폐쇄했다. 또한 98년 3월 말 기준으로 지급능력이 부족한 18개 생명보험사와 4개 손해보험사의 경영정상화계획을 평가하여 이 중 4개 사를 계약이전방식으로 정리하고 나머지 보험사에 대하여는 구조조정작업과 함께 국내외 투자가에게 공개매각을 추진해왔다. 2개 보증보험사는 합병 후 예금보험공사의 증자지원을 통해 정상화를 도모하고 있다.

이 밖에 상호신용금고, 신용협동조합, 투자신탁회사 등도 매각, 계약이전, 합병 등의 방법으로 정리를 계속하고 있다.

이러한 금융기관의 구조조정을 위하여 예금보험공사에 43.5조원의 공적자금을 투입하였으며, 예금보험공사는 이 중 18.6조원을 금융기관들의 증자지원에, 24.9조원을 예금대지급 및 손실보전에 충당하고 있다.

5. 말레이시아의 금융구조조정

아시아지역의 금융위기가 확산되자 말레이시아 정부는 1998년 1월, 국가경제행동평의회(National Economic Action Council, NEAC)를 구성하고 국가경제회복계획(National Economic Recovery Plan, NERP) 수립에 착수했다. NEAC는 금융위기의 본질이 금융권이 안고 있는 거액의 부실채권에 있음을 인식하고 금융기관의 부실채권을 분리 운영할 기관과 금융기관의 취약한 자본구조를 확충해 줄 기관의 설치를 권고하게 되었다.

정부(재무부)는 동년 6월 금융기관 부실채권의 인수, 관리를 담당하는 기구로 Pengurusan Danaharta National Berhard(약칭 Danaharta)를 설립하고, 이어 동년 8월에는 금융기관의 증자지원을 담당할 Danamodal National Berhad(약칭

Danamodal)을 발족시켰다.

말레이시아의 금융기관은 대체로 은행계와 비 은행계로 구분한다. 은행계 기관으로는 상업은행, Finance사, Merchant Bank와 Discount House가 있으며, 비 은행계로는 Money Broker, 리스회사, 벤처 캐피탈, 증권사, 보험사 등이 있다. 97년 말 현재 은행계 금융기관들의 부실채권은 총대출액 대비 4.1%였으나 금융위기가 진행된 98년 말에는 13.4%(3개월 이상 연체기준)로 급격히 증가했다.

당초 말레이시아 정부는 부실금융기관들의 정리를 위해 39개인 Finance사를 8개로 합병하고, 22개인 상업은행도 은행간 합병할 것을 구상했으나, 지난 99년 6월말까지 1개 상업은행과 14개 파이낸스사를 다른 금융기관에 합병시킨 이후, 이렇다 할 진전이 없다. 또한 동국 정부는 99년 6월말 현재 ,21개의 상업은행, 25개의 파이낸스사, 12개의 머천트 뱅크를 통합하여 6개의 대형 금융그룹으로 재편하는 것을 골자로 하는 금융산업합리화 계획을 강력히 추진하였으나 여러 가지 문제점이 대두되면서 동년 10월, 이 계획을 철회하기도 했다.

한편 Danamodal은 금융기관의 자본확충기금으로 160억 링깃(4.8조원)을 정부로부터 인가 받았는데 지난 2월말 현재 정부출자 30억 링깃, 정부보증채권발행 77억 링깃 등 모두 107억 링깃의 자금을 조달했다. Danamodal은 이 자금으로 MBf

Finance 사 등 10개 사에 75.9억 링깃을 지원하여 그 중 23.9억 링깃을 회수했다. 미회수된 52억 링깃은 당해 금융기관의 보통주, 우선주 등 주식은 물론 후순위채권 형태로도 보유하고 있다.

6. 한국자산관리공사의 부실채권 정리

이제 한국과 말레이시아에서 금융구조조정의 일환으로 이루어지는 부실채권의 정리상황을 살펴보자.

1997년 중반 이후 우리 나라에 외환, 금융위기가 고조되고 있는 가운데 정부는 동년 1월 24일, 성업공사(현 한국자산관리공사)에 부실채권정리기금을 설치하고 국내 금융기관들의 부실채권을 인수, 정리하기 시작했다. 기금설치 직후인 동년 11월 28일, 서울은행과 제일은행의 4.4조원의 부실채권매입을 시작으로 우리 나라의 금융부문은 부실채권 정리의 막을 올렸다.

지난 2000년 3월말까지 한국자산관리공사(Korea Asset Manage-ment Corp., 이하 공사 또는 KAMCO라 함)는 공적자금 20.5조원을 포함한 21.6조원의 부실채권정리기금을 조성하였으며, 공사는 이 자금으로 80.9조원의 부실채권을 매입하여 이 중 24.5조원의 채권을 정리, 13.6조원을 회수하였다. 공사는 올해에도

36.6조원의 부실채권을 추가로 인수하고 17조원의 채권을 정리하여 8조원을 회수할 예정이다. 여기서 공사의 부실채권 인수와 정리방법을 살펴보기로 한다.

(1) 부실채권의 분류

공사는 국내 금융기관 중 은행, 종금사, 보증보험사, 투신사와 일부 증권사, 생명보험회사로부터 부실채권을 매입해 왔다.

공사는 금융기관의 부실채권을 일반채권과 특별채권으로 분류하고 있는데 회사정리절차(법정관리)나 화의절차를 밟고 있는 채권을 특별채권이라 하고, 그 외의 일반기업의 채권을 일반채권이라 하고 있다. 이 중 일반채권은 다시 부동산이나 증권이 담보로 되어 있는 담보부채권과 물적 담보가 없는 무담보채권으로 한다.

현재 우리 나라 채권금융기관에서는 법원에서의 화의절차 이외에도 채권자와 채무자간의 자율적인 협의에 의한 채무조정 내지는 기업개선작업(Workout)을 진행하고 있다. 공사는 그 동안 우리 나라 기업구조조정위원회가 주도하는 Workout 대상기업의 채권은 인수하지 않았으나 최근 대우그룹의 부실채권을 처리하기 위하여 이를 인수하기 시작했다.

(2) 부실채권의 인수

공사는 채권의 종류에 따라 그 매입방법을 달리하고 있다.
즉 담보부채권은 그 담보가액을 적절히 평가하여 매입하고,
무담보채권은 일정한 매입율을 적용하여 매입하고 있다. 담보
부채권의 경우 채권액에 대비한 매입가액은 현재 약 45% 수
준이며, 무담보채권에 대하어는 3% 수준이다.

KAMCO의 부실채권 인수 및 정리 실적

2000. 3월말 현재 (단위 : 억원)

구분	인 수		정 리		현보유	
	채권액	매입가	채권액	매입가	채권액	매입가
일반 담보부	101,975	65,042	69,836	46,516	32,139	18,526
채권 무담보	148,713	18,086	31,221	4,066	117,49	14,020
특별채권	373,209	156,364	144,210	70,546	228,999	85,818
Workout 채권	184,788	64,074			184,788	64,074
계	808,685	303,566	245,267	121,128	563,418	182,438

반면에 특별채권에 대하어는 그 채무상환기간이 5년 내지
10년 이상 장기간에 걸치므로 연차별 상환계획을 현가할인한
가격으로 매입하고 있다. 매입 후에 채무기업의 회사정리절차
나 화의절차가 폐지되거나 원리금상환이 계획대로 이행되지
않는 경우에는 공사는 이 채권을 당초의 금융기관에 환매할
수 있게 되어있다. 이러한 환매부담 때문에 처음부터 담보물

을 적절히 평가한 가액으로 완전히 매입하는 방법도 적용되고 있다.

Workout 대상기업의 채권은 당해 기업의 Workout성공율을 감안, 평가하여 매입가를 결정하게 된다.

(3) 부실채권의 정리

공사는 부실채권의 정리에 있어 실로 다양한 방법을 구사하고 있다.

98년 이후 공사는 담보물매각이라는 전통적인 방법 외에 부실채권의 증권화매각, 국제입찰에 의한 매각, 지분참여에 의한 자산관리, 채무기업의 회생지원 등을 실시하고 있는 것이다.

• 우선 담보물매각은 공사의 전통적인 방법으로서 일차적으로 법원경매를 통해 매각하고 경매에서 유찰된 물건은 공사에서 인수(유입)했다가 적절한 기회에 다시 매각(공매)하는 것이다.

• 증권화매각은 이른바 ABS로서 부실채권을 유동화회사에 이전시키고 그 자산을 담보로 회사채나 출자증권을 발행, 투자자에게 매각함으로써 현금화하는 방법이다.

• 공사는 또한 부실채권을 국제입찰에 붙여 매각하고 있는데 부실채권을 적절히 묶어서 상품화하고 투자자에게 그 내

용을 상세히 분석, 제공함으로써 가장 높은 가격을 받을 수 있도록 하는 방법이다.

• 이와 아울러 공사는 회생가능성이 있는 채무기업에 대하여 담보물처분을 유보하고 채무조정(상환조건의 완화, 출자전환), 신규여신 등의 지원을 해주고 있다. 이 업무를 더욱 발전시키기 위해 공사는 외국기관과 합작으로 기업구조조정전문회사의 설립을 추진하고 있다.

• 또한 공사는 외국기관과 합작으로 자산관리회사를 설립, 부실채권을 이전시키고 외국기관으로 하여금 그 지분의 50%를 인수하여 자산을 관리하게 하고 있다. 결과적으로 공사는 부실채권의 50%를 현금화하고 외국기관의 선진 관리기법을 도입, 부실채권정리의 효율성을 높이게 된다.

KAMCO의 부실채권정리실적

2000. 3월말 현재 　　　　　　　　　　　　　　　　　　(단위 : 억 원)

정리방법	정리 부실채권액	회 수 액
국제입찰	34,702	8,898
ABS 발행	23,902	14,136
법원경매, 공매	29,505	23,102
자진변제	22,136	20,865
기 타	135,022	69,370
계	245,267	136,371

7. 말레이시아 Danaharta의 부실채권인수

전술한 바와 같이 말레이시아는 부실채권정리기구로 Danaharta를 두고 있다. Danaharta의 부실채권인수는 매입과 단순인수로 대별할 수 있다.

가. 부실채권의 매입은 금융기관의 부실채권을 적절히 평가한 가격으로 매입하는 것으로서, 담보부채권에 대하여는 담보물의 평가액을 지급하고, 무담보채권에 대하여는 채권액의 10%를 지급한다. 특징적인 것은 Danaharta가 부실채권을 정리하여 이익이 남는 경우 그 이익의 80%를 매각은행에 돌려주는 조건이다. 한편, 평가가 곤란한 거액의 부실채권에 대하여는 채권액의 전액 또는 일부를 지급하고 사후 정산하는 방법도 쓰고 있다.

KAMCO가 담보부채권에 대하여는 담보물 감정가액에 법원 경매시 평균낙찰율을 적용, 지급하고 무담보채권에 대하여는 채권액의 3%를 지급하는 것과 비교가 된다.

Danaharta는 99년 말까지 26개 상업은행을 포함한 36개 금융기관으로부터 191억 링깃(5.7조원)의 채권을 매입했다. 채권의 차주(借主)수는 770개 정도이며 매입가격은 채권액의 평균 44%로서 83억 링깃(2.5조원)이다.

나. 단순인수는 매입대금의 지급 없이 단순히 인수하여 관리해주는 것을 말한다. 99년 말까지 Danaharta는 264억 링깃(1,896개 차주, 7.9조원)의 부실채권을 인수, 관리하고 있다. 인수대상 금융기관은 국영 Bumiputra은행 그룹과 Sime 은행 그룹의 7개 기관이다.

다. Danaharta가 금융기관으로부터 매입 또는 단순 인수한 부실채권의 총액은 455억 링깃(13.6조원)이며 이중 은행계금융기관분은 373억 링깃, 비은행계 및 역외금융기관분은 82어 링깃이다. 현재 말레이시아 금융기관이 보유하고 있는 부실채권의 총액은 4,000억 링깃 이상으로 추산되고 있는 바, Danaharta가 인수한 부실채권액은 이중 약 10%에 불과하며 이는 KAMCO가 국내 부실채권의 50%이상을 매입한 것과 비교된다.

라. 부실채권정리를 위한 Danaharta의 기금은 총 150억 링깃(4.5조원)으로서 정부출연 15억 링깃, 은행차입금 25억 링깃, 정부보증채권 100억 링깃으로 구성된다. Danaharta는 부실채권 매입 시 일부는 현금으로도 지급하지만 대부분 정부보증채권으로 지급하고 있는데, 기금의 구성이나 대금지급방법이 KAMCO와 유사하다. 다만 Danaharta의 채권은 상환기간이 5년으로서 5년간의 이자상당액을 할인식으로 발행(Zero Coupon)하고, 만기에 이르러 다시 5년까지 연장할 수 있다.

Danaharta는 99년 말까지 103억 링깃(3.1조원)의 채권을 발행,
76억 링깃(2.3조원)의 자금을 조달했다. 할인율은 연 5~7% 수준
이다.

8. Danaharta의 부실채권 정리

Danaharta의 부실채권정리는 매각 또는 처분보다는 관리에
역점을 두고 있다고 할 수 있다. Danaharta가 부실채권을 인
수하면 우선 채권(채무기업)을 분석하여 회생가능성이 있으면 채
무조정 등의 지원을 통하여 채권의 회수가치를 높이고, 회생
가능성이 없다고 판단되면 담보물을 처분하게 된다.
Danaharta가 채권을 그대로 입찰, 매각하는 것은 외화표시채
권에 한한다.

채권의 회생가능성을 판단하기 위하여 Danaharta는 채무기
업 자체의 경영능력과 당해 업종의 장래성 등, 2가지 측면에
서 분석한다. 2개 측면이 모두 건전한 기업은 채무조정의 대
상이 되고, 나머지 기업은 자산관리의 대상이 된다. 특히 경
영능력과 장래성이 모두 취약하면 바로 경매처분대상이 된다.

(1) 회생가능기업에 대한 채무 조정

채무조정 대상기업에 대하여는 채무상환조건(기간, 이자율)을 완화해 주고 채무의 출자전환, 신규자금제공 등 기업회생지원이 부여된다. 이 때 채무상환기간은 5년을 초과할 수 없도록 하고 있다. 이 기간동안 기업주와 기업에 대하여는 재산처분이 유보되나 구주주의 주식소각과 기업에 대한 특별 감독이 실시된다. 대상기업이 회생에 실패하면 자산관리의 대상이 된다.

(2) 특별관리인에 의한 자산관리

회생가능성이 불투명한 사업체에 대하여는 특별관리인을 선임하여 경영권을 장악하고 일정기간 경영을 유지하게 한다. 특별관리인은 이 기간동안 영업은 단계적으로 축소시키고 보유자산의 가치를 유지시키면서 기업매각 또는 자산매각을 추진한다. 이 과정에서 채권자의 권한은 1년간 제한되고 특히 채권자들의 부당한 채권행사가 금지된다.

99년 말 현재 Danaharta는 11개 상장기업을 포함한 51개 기업에 특별관리인을 파견하고 있는데 업종별로는 제조업 23개 업체, 증권중개업 11개 업체 등이다.

(3) 회생불가능한 기업의 자산처분

회생이 불가능하다고 판단되는 기업에 대하여는 즉시 담보물 처분에 들어간다. 우리 나라의 경우와 달리 Danaharta는 법원의 경매절차 없이 직접 담보물을 인수(유입)하고 처분할 수 있다. 담보물 처분에 있어 Danaharta는 공개경쟁입찰방식을 취하고 있는데 이 입찰에는 Danaharta 자체의 부동산 사업부도 참여하여 가격의 하락을 막고 있다. 또한 Danaharta는 호텔이나 레저시설은 매각하지 않는 것을 원칙으로 하고 있다.

지난 99년 11월, Danaharta는 제1차 자산매각입찰을 실시했다. 매각대상은 44개 물건에 예정가격은 123백만 링깃(360억 원)이었으나 입찰 결과 24개 물건을 16.5백만 링깃에 매각하는 데 그쳤다. 매각대상 중에는 공장이 16건에 89백만 링깃으로 가장 많았으나 공장의 매각은 저조하고 주택이 다소 팔렸다. 나머지 자산은 Danaharta의 부동산 사업부가 떠안게 되었다.

(4) 외화표시채권의 국제입찰 매각

Danaharta 역시 일부 자산을 국제입찰 방식으로 매각하고 있는데 그 대상은 외화표시 채권(loan)과 유가증권에 한하고 있다. Danaharta는 지난 99년 8월과 2000년 2월, 2차례 국제입찰을 실시, 총 43건 394백만 불(4,400억 원)의 자산을 입찰에

붙인 결과 그 중 38건 340백만 불(3,800억 원)의 자산이 매각됐다. 매각액은 226백만 불로서 액면가 대비 약 66.5%의 회수율을 보였다. 지난 2월 실시된 입찰에서 채권은 CSFB, Dresdner, J P Morgan, Lehman Brothers 와 Goldman Sachs에, 유가증권은 Deutsche Bank 와 Goldman Sachs에 각각 낙찰되었다.

Danaharta의 부실채권 정리 현황

1999. 12월 말 현재 (단위 : 차주, 백만 링깃)

정리 단계별	차 주 수		정리대상 채권액	
정상채권으로의 전환	139	(6%)	3,137	(7%)
완전변제 또는 채권매각	68	(3%)	1,656	(3%)
Workout 계획 승인	582	(25%)	12,594	(28%)
Workout 계획 미승인	688	(29%)	18,313	(41%)
Workout 계획 미제출	868	(37%)	9,821	(21%)
계	2,345	(100%)	45,521	(100%)

9. 말레이시아의 경제정책과 금융구조조정에 대한 평가

지금까지 우리는 금융위기 이후 한국과 말레이시아 정부가 펼쳐온 경제정책과 금융구조조정에 대하여 살펴보았다. 금융

위기 초기에 양국정부는 다같이 금융 및 재정긴축정책을 실
시했다가 불과 6개월만에 긴축을 완화하고 경기부양을 추진
했다. 말레이시아의 경제정책이 한국과 다른 점은 고정환율제
와 외환 및 자본통제를 골자로 하는 독자적 경제노선을 채택
했고 금융부문구조조정이나 부실채권정리에 소극적이었다는
것이다.

일부학자들은 IMF의 경제회복 프로그램은 화폐공급의 관리
를 중시하는 고전적인 통화주의를 채택한 것으로 보았고 말
레이시아의 자본통제정책은 총수요관리로 경제활동을 자극하
는 케인즈 이론을 도입한 것으로 분석하고 있다.

말레이시아 경제정책의 성과와 장단점을 현시점에서 평가한
다는 것을 성급한 일이 아닐 수 없다. 다만 현행 WTO 체제
하에서 2003년 이후 금융시장이 전면 개방되면 어느 나라를
막론하고 외국 금융기관과의 경쟁이 불가피하게 된다. 이러한
관점에서 본다면 한국의 경우 금융기관과 증권시장에 대한
외국인 투자가 대폭 확대되어 체질강화와 자본시장개방에 대
비한 준비가 어느 정도 완성된 반면 말레이시아의 경우 계속
적인 금융, 자본통제로 장래 시장 개방시 경쟁력이 취약할 것
으로 보인다.

또한 금융부문 구조조정에 있어서는 한국이 부실금융기관을
과감하게 정리하고 부실채권을 신속하고 효율적으로 처리함

으로써 금융기관들의 자산건전성이 크게 강화된 반면 말레이
시아의 경우 금융기관들의 부실채권 누적이 아직까지 큰 숙
제로 남아 있는 실정이다.

중남미의 경제위기는 왜 반복되는가?

  - 제2기 금융구조조정에 즈음하여 살펴보는 멕시코의
    경제사례

지난 해 대우그룹의 몰락은 동 그룹에 60조원 규모의 여신을 지원했던 국내 금융기관들에게 막대한 손실을 안겨주었다. 그리고 그 영향은 대우그룹에 과다하게 자금을 지원했던 하나종금사가 지난 1월 영업정지되면서 전 금융권의 불안으로 확산됐다.

이번 대우 사태로 인한 금융기관의 손실을 31조원 규모로 추산하면서 국민들은 H그룹의 위기설과 함께 제2의 경제위기를 우려했고, 이를 반영이나 하는 듯이 종합주가 지수는 900선에서 한 때 650선까지 하락했다.

여기서 우리는 1970년대 이후 중남미제국에서 반복되었던 경제혼란, 즉 극심한 인플레와 외환고갈, 환율폭등의 역사를 떠올리게 된다. 중남미 제국의 경제위기는 어떻게 찾아왔으며, 정부는 이에 어떻게 대처했고 위기는 왜 반복되었는가?

중남미의 경제위기는 1976년, 멕시코에서 재정적자 누직과 외채규모 확대가 원인이 되어 외국자본이 급격히 이탈하면서 시작되었다. 1982년에는 멕시코의 모라토리움(대외지불정지)선언이 브라질, 아르헨티나, 칠레, 베네수엘라 등, 인근 지역으로 파급되어 중남미 전반에 걸친 위기로 확산되었고 이후 나라별로 한두 차례씩의 위기를 더 겪게 되었다. 또한 1999년 1월에는 브라질에서 발생한 외환위기가 아르헨티나, 우루과이, 에콰도르, 칠레, 콜롬비아, 베네수엘라 등, 주변국의 경기침체를 야기시켜 남미대륙은 또 한차례 경제위기에 휩쓸리게 되었다. 멕시코의 경우는 다행히 1994년 통화위기를 계기로 강력한 경제구조조정을 실시해온 덕분에 지난 번 위기를 무사히 넘기고 성장가도를 달리고 있다.

제2기 금융구조조정을 시작하고 있는 이 시점에서 우리가 멕시코의 경제위기 극복사례를 살펴보는 것은 매우 중요한 의미가 있다할 것이다.

1. 1976년 – 멕시코 경제위기의 서막

1940년 이후 멕시코는 정치안정 속에 지속적인 경제성장을 이룩했는데 제2차 세계대전 기간 중에는 전쟁특수를 누렸고 전후에는 재정지원과 수입제한조치를 통한 수입대체산업 육성에 성공하여 1970년에 이르기까지 30년간 연평균 6%이상의 성장을 거듭했던 것이다.

특히 1960년대에는 공공부문에 대한 투자를 더욱 강화하고 고금리 긴축기조를 유지하는 등 거시경제를 보수적으로 관리함으로써 공업생산을 연평균 8.4% 성장시키고 물가상승률은 연평균 2~3% 선에서 안정시키는 이른바 '멕시코의 기적'을 이룩했다.

그러나 1973년에 발생한 오일쇼크는 세계적인 인플레와 경제후퇴를 야기시켜 멕시코에서도 1973~76년 기간 중 물가상승률은 연평균 20%로 치솟고 성장률은 2.1%까지 하락했다.

이러한 상황에서 당시 에체베리아 대통령(Luis Echeverria Alvarez, 1970~1976)은 민족·민중주의 성향의 경제정책을 표방하며 부유층에 대한 세금을 중과하고 노동자의 임금을 인상시켰다. 또한 공업화중심에서 농업중시정책으로 전환하고, 1973년 외자법 제정으로 외국인투자한도를 49%이하로 규제했다. 에체베리아 정부가 이러한 정책을 실시하자 일반 국민들로부터는 지지를 받았으나 기업가와 외국인 투자자가 반발, 자본의 해외도피현상이 발생하게 되었다.

외환보유고가 고갈되자 정부는 고정환율제(달러 당 12.5페소)를 포기하고 변동환율제로 전환하게 되었다. 그 결과 페소화는 곧바로 약 40% 평가 절하되고 인플레이션이 심화되었으며 부동산가격은 폭락하게 되었다. 대공황 이후 처음으로 경제위기를 맞이한 멕시코 정부는 1976년 8월, IMF에 재정지원을 호소하게 되었다.

이에 앞서 멕시코는 1972년 레포르마 유전을 시작으로 대규모 유전을 발견하여 1976년 이후에는 원유 생산을 대폭 증가시킬 수 있었는데 1976년 멕시코의 경제위기는 IMF의 지원과 석유수출의 증가에 따른 외환사정의 호전으로 단기간에 해소되었다.

에체베리아 집권기의 재정적자 및 누적외채

구 분	1971	1972	1973	1974	1975	1976
재정 적자*/GDP(%)	1.0	3.0	4.0	3.5	3.8	4.1
누적 외채(억달러)	n.a.	70	94	129	180	259

*정부부문 재정적자(여타 공공부문 제외)

2. 1982년 - 모라토리움의 선언

1976년 수립된 로뻬스 뽀르띠요(Jose Lopez Portillo, 1976~1982)정부는 대규모 유전발견 이후 석유생산시설을 확장하고 산유량을 대폭 늘림으로써 멕시코의 경제를 석유수출중심으로 전환했다.

산유량이 연 4만 배럴에서 7,200만 배럴(81년)로 확대되고, 석유수출이 증가하면서 멕시코 경제는 다시 호황을 구가하게 되었다. 그러나 그 결과 석유수출이 총수출의 72.5%(81년)를 차지할 정도로 석유산업 의존도가 심화되었다. 그리고 멕시코석유공사(PEMEX)를 비롯한 공기업들이 외자를 대규모로 들여와 사업을 확장함으로써, 78년 340억 달러 수준이었던 멕시코의 외채규모는 81년 753억 달러로 증가하였다. 이는 국제유가가 계속적으로 상승하여 외채상환에 아무 문제가 없을 것으로 기대했기 때문이다. 그러나 배럴 당 33달러 선까지 상승하던 국제유가가 1981년 갑자기 폭락하고, 미국에서는 석유파동으로 인한 인플레 억제를 위하여 금융긴축과 고금리정책(6~7%에서 15~18%로)을 취하게 되었다. 이에 따라 멕시코 경제에 불안을 느낀 외국자본이 또다시 급격하게 유출됐다.

경제상황이 악화되고 사회불안이 심화되는 가운데 정부는 81년 6월 이후 수차례에 걸쳐 정부지출삭감, 수입규제강화 등 조정계획을 발표했으나 실제로는 대통령선거(82년 7월)를 앞두고 경기부양, 임금인상 등의 인기위주 정책을 실시했다. IMF에서는 82년 상반기 세 차례에 걸쳐 구제금융을 제안했으나 멕시코 정부는 IMF의 혹독한 긴축프로그램에 반대함으로써 협상이 결렬되고 외국은행들의 차관도입이 전면 중단되었다.

멕시코 정부는 선거가 끝난 8월에야 자유변동환율제를 채택하고, IMF에 구제금융을 요청하는 등 위기극복을 위해 노력했으나 안정을 되찾지 못하고 결국 모라토리움(대외지불정지)을 선언하게 되었다. 멕시코의 모라토리움 선언이 있자 선진국의 주요 은행들은 중남미 지역전체에 대한 신규차관을 중단시켰고, 이로써 중남미지역 전체의 외채위기로 확산되었다.

뽀르띠요 집권기의 주요 경제지표

구 분	1977	1978	1979	1980	1981	1982
성 장 률(%)	3.4	8.3	9.2	8.3	7.9	-0.6
재정적자*/GDP(%)	5.4	5.5	6.3	6.5	13.0	15.7
석유수추 비중(%)	22.3	30.7	45.1	67.3	72.5	-
경상수지(10억 달러)	-2.00	-3.15	-4.70	-10.43	-6.24	-5.89

* 공공부문 재정적자(금융부문 제외)

3. IMF협정과 정책 대응

82년 12월 취임한 델 라 마드리드(Miguel de la Madrid Hurtado, 1982~1988) 행정부는 다시 IMF에 구제금융을 신청하여 36억 달러의 자금을 지원받기로 했는데, 융자조건으로 IMF는 긴축을 통한 안정과 안정을 통한 성장기반 조성을 목표로 통화공급

축소, 재정긴축, 환율인상 등 반인플레적 거시경제운영을 요구했다.

이 시기의 멕시코 경제는 IMF의 처방에 의한 강도 높은 긴축재정으로 인해 침체국면에 돌입, GDP증가율은 81년 8.77%, 82년 -0.62%에서 83년 -4.2%를 기록했다. 또한 페소화의 평가절하와 함께 물가상승률은 82년 58%에서 83년 101%로 치솟았다. 그러나 84년에 들어와서는 GDP증가율이 3.6%의 흑자로 전환되고, 물가상승률은 65.4%로 낮아졌으며, 무역수지도 GDP 대비 7.4%의 흑자를 기록하고 있었다. 또한 이 기간 중인 83년 말 멕시코는 채권국들과 우대조건(8년 만기, LIBOR+1.875%)하의 신규대출을 포함하는 외채협상을 성사시켰고, 84년에도 480억 달러의 외채에 대한 재협상에 성공했다.

마드리드 집권기의 주요 경제지표

구 분	1982	1983	1984	1985	1986	1987	1988
GDP 증가율(%)	-0.62	-4.20	3.61	2.59	-3.74	1.86	1.24
소비자물가상승률(%)	98.8	80.8	59.2	63.7	105.8	159.2	51.7
재정수지/GDP(%)	-15.7	-12.2	-7.2	-8.3	-15.0	15.0	-10.2
경상수지(10억 달러)	-5.89	5.86	4.18	0.80	-1.37	4.24	-2.36
환율(연평균, 페소/달러)	57.4	120.2	167.8	257.0	611.4	1,366.8	2,550.3

4. 1986년 - 제3차 경제위기

경제구조조정이 진행되고 있는 가운데, 85년 7월 주지사 및 지방의회 선거를 앞두고 멕시코정부는 집권당의 인기만회를 위하여 또다시 공공지출을 증가시켰다. IMF는 정부의 약속(긴축재정) 불이행을 이유로 대기성차관 36억 달러 중 잔여분 9억 달러의 지급을 중단했다. IMF의 자금지원중단은 곧 페소화에 대한 투매를 야기시켜 다시 외환위기가 발생했고 긴급 경제 재건계획은 실패로 돌아갔다.

이후 정부는 85년 7월, 관세인하, 수입허가품목의 단계적 축소, 수입제한의 점진적인 철폐 등을 내용으로 하는 무역구조 개혁을 단행하고, 이를 바탕으로 86년 7월, IMF와 새로운 대기성차관 협정을 체결했다. 또한 동년 말에는 채권국들과 채무조정 협상에 성공했다.

IMF와의 협정에 따라 정부는 다시 인플레 억제 등을 목표로 하는 긴축프로그램을 발표했는데, 특히 민간부문에 대한 신규대출을 실질적으로 중단시키는 강도 높은 여신규제정책과 함께 정부의 재정지출도 감소시켰다.

그러나 이 시기 석유가격의 폭락(85년 배럴 당 25달러에서 86년 12달러로 하락)으로 경상수지가 GDP 대비-1.4%의 적자로 반전되고 연평균 물가상승률은 다시 86%까지 치솟게 되어 개혁조치는 성과를 거두지 못했다.

1988년 12월에는 마드리드정부의 예산기획부장관이던 카를로서 살리나스(Carlos Salinas de Gortari, 1988~1994) 대통령이 취임했다. 살리나스 대통령은 취임직후 '6개년(1989~1994) 국가개발계획'을 발표하면서 경제부문에 있어서는 '물가안정을 기조로 한 경제성장' 정책을 채택했다.

또한 살리나스 대통령은 예산기획부장관 당시인 87년 12월, '경제단결협약'을 창안하여 정부와 기업가, 노동자, 농민조합 간에 경제안정을 위한 협약을 체결한 바 있는데 대통령 취임 이후 이 국민협약을 '안정경제성장협약' (PECE)이라고 명칭을 바꾸어 적극적으로 이를 활용했다.

5. 살리나스의 경제개혁

PECE는 94년 1월까지 8차례 협약이 체결되었는데 주요 협상내용은 공공요금동결, 최저임금 인상억제 등이었지만, 이외에도 재무 및 통화정책, 환율, 수입장벽까지 포함하는 종합경제부양책이 되었다. 살리나스 정부는 국민들에 대한 지속적인 이해와 설득을 통해 이 국민협약을 강력히 실천함으로써 지속적인 경제성장과 물가안정을 이룩할 수 있었다.

우선 살리나스 행정부는 재성을 늘리기 위하여 세입증대와 지출억제에 주력하는 한편, 적자 공기업을 폐쇄, 또는 통합하거나 흑자 공기업까지도 과감하게 민영화했다. 그 결과 공공부문적자는 1987년 GDP의 16%에서 1991년에는 1.3%로 떨어졌다.

이와 함께 정부는 규제완화를 통해 정부의 역할을 줄이고 민간부문을 중심으로한 경제성장 및 경제활성하 누력을 전개했다. 이 규제완화는 금융, 무역, 운송, 전기, 석유화학 등 산업 전 분야에 걸친 것으로서 특히 금융부문에 있어서는 은행예금금리 자유화, 주식시장 개방, 은행 민영화, 겸업주의 금융제도 및 채권시장의 개방 등을 추진했다. 또한 무역에 있어서는 수입자유화와 함께 수출상품의 다양화를 추진한 바, 총수출의 72.5%를 차지하던 석유수출이 1992년 28.4%로 줄어들고 그 대신 공산품 수출이 61.7%로 늘어났다.

이와 같은 경제개혁의 결과 멕시코는 87년 131.8%까지 급등하였던 인플레율을 94년에는 7.0%로 진정시킬 수 있었으며 경제성장률은 연평균 3.5%를 유지할 수 있었다. 외국인투자는 급격히 유입되어 총 투자대비 비중이 89년 9.4%에서 93년 21.6%로 증가했다.

살리나스 집권기의 주요경제지표

구 분	1988	1989	1990	1991	1992	1993	1994
GDP 증가율(%)	1.2	3.3	4.4	3.6	2.8	0.6	3.7
물가상승률(%)	51.7	19.7	29.9	18.8	11.9	8.0	7.1
경상수지(10억 달러)	-2.4	-5.8	-7.5	-14.6	-24.4	-23.4	-29.7
환율(페소/달러)*	2,550	2,453	2,807	3,018	3,094	3.11	3.37
외환보유고(달러)	-	-	99	177	189	251	63

※ 93년 통화개혁(1 新페소=1,000페소)

6. 1994년 – 제4차 외환위기

멕시코 경제가 90년대 들어 지속적으로 성장하고 무역자유화가 급진전되면서 소비재수입이 무분별하게 늘어나자 무역수지가 크게 악화되었다. 게다가 경상수지적자를 보전하기 위해 유입한 외국자본은 상당부분 단기성 포트폴리오투자, 즉 '핫머니(hot money)'였으므로 급격한 자본유출의 위험성이 언제나 존재하고 있었다.

이러한 상황에서 94년 1월, 남부 치아빠스주에서 농민반란이 일어나고, 동년 2월, 미국의 연방기금금리가 인상되자 외자이탈과 증시폭락이 가속화되었으며, 대통령선거(7월) 직전에는 야당출신 콜로시오 후보의 암살사건이 발생하여 멕시코는 사상 유례없는 사회혼란과 통화위기에 빠지게 되었다.

그 동안 미국은 멕시코 정부에게 재정긴축을 실시하고 페소
화를 20%정도 평가절하할 것을 권고하였으나 내동령선서를
앞둔 정부는 집권당 세디요 후보를 지원하기 위해 경기부양
을 추구하고 통화공급을 확대했다. 또한 선거가 끝난 후에도
주식시장이 붕괴된다는 이유로 페소화평가절하를 거부했는데
그 이면에는 살리나스가 WTO 초대 사무총장에 추대되기 위
하여 '경제자유화 정책의 성공'이라는 업적을 계속 유지하고
자 했던 것으로 전해진다.

7. 세디요 정부의 정책 대응

심각한 사회혼란과 경제위기 속에 94년 12월 멕시코에는 에
네스트 세디요 대통령(Emeste Zedillo Ponce de Leon, 1994~2000)정부가
출범했다.

새정부는 노·사·정 합의하에 재정·통화·금융·사회 각
부문에 걸친 '비상경제극복을 위한 공동협약(AUSEE)'을 이끌
어내고, 페소화 안정을 위해 총 180억 달러의 국제금융지원금
을 조성할 것이라고 발표했다. 그러나 이 같은 정부의 발표는
사회적인 불안으로 인하여 실효를 거두지 못했다.

멕시코의 금융난이 절박한 상태로 몰리자, 클린턴 대통령은

미 환율안정기금으로부터 200억 달러를 멕시코구제에 활용할 것을 발표했으며, IMF도 178억 달러의 유동성 조절자금(standby credit) 제공의사를 발표했고, 선진국들의 중앙은행도 국제경제은행(BIS)을 통한 지원의사를 밝혔다.

동년 2월, 멕시코 정부는 미국, IMF와 차관도입협정을 체결했는데 이때 IMF는 차관제공조건으로 강력한 재정·금융 긴축을 통한 경제안정화를 요구했다. 이에 따라 정부는 동년 3월, 앞서 체결한 'AUSEE의 강화를 위한 행동계획(PARAUSEE)'을 발표했다.

멕시코 정부의 이번 조치는 칠레정부가 1982년 외환위기를 극복해 나갔던 일련의 시책들을 모델로 삼은 것이라고 한다. 즉, 외환위기를 극복하기 위하여는 대외신인도를 회복하여 국제금융시장 복귀하는 데에 최우선의 목표를 두고 IMF가 요구하는 재정지출의 축소, 통화의 감축 등 긴축기조를 적극 수용한다는 것이다. 그 주요 내용을 보면,

가. 재정정책부문에 있어서 정부는 GDP 대비 4%의 재정흑자를 목표로 공공재 가격인상, 부가가치세율 인상(10% 15%), 공공지출 감소(9.8%), 공기업의 민영화 등을 제시했고,

나. 통화정책으로는 자유변동환율제의 지속, 물가상승률 40% 이내 억제를 위한 순국내여신 증가율 23% 이내 억제, 신용대출한도 100억 페소 이내 제한, 선물시장 개장 등을 발표

했다.

금융정책으로는 World Bank 지원아래 감독과 규제를 통한 금융부문 강화, 은행 자산의 문제해결을 위한 새로운 금융수단인 투자단위(UDI) 도입, 은행예금보험기금(Fobaproa, Fondo Bancario de Proteccion al Ahorro)을 통한 은행의 부실채권 매입 등을 제시했다.

라. 사회정책부문에 있어서 정부는 95년 사회지출을 증액하고, 실업자 의료보험과 실업자를 위한 공공사업을 확대히며, 근로자 재교육 프로그램을 실시하고, 농업부문에 대한 지원을 확대할 것 등을 발표했다.

8. 금융위기의 원인과 대응조치

1992년 민영화되기 전까지 멕시코 은행들은 여신에 대한 심사기능이 매우 취약했다. 이는 살리나스 정부가 경제구조의 선진화를 너무 성급하게 금융자유화를 추진함으로써 건전성 규제를 위한 제도적 준비를 갖추지 못했기 때문이다.

건전성 규제제도의 결여는 금융권 전반에 도덕적 해이현상을 초래했다. 즉, 민영화 과정에서 과다한 금액을 지불한 은행소유주들은 이자율이 낮은 외국의 단기자본을 도입하여 무분별하게 여신확대 경쟁을 벌였고, 이는 기업의 과잉투자와 개인들의 과소비를 부추기는 결과가 되었던 것이다.

이러한 와중에 외국자본 유출이 시작되고 경기침체와 80% 에 근접하는 고금리사태가 발생하자 1995년 중 엄청난 유동성 경색과 대규모의 부실채권이 발생하게 되었다. 더구나 고정금 리수익증권에 집중된 은행의 투자는 대규모 손실을 초래했고 멕시코의 금융체계는 붕괴위기에 처하게 되었던 것이다.

민간사업은행의 여신현황

(단위 : 10억新페소, 연말기준, %)

	1991	1992	1992	1994	1995. 2
총여신	240.2	336.9	421.1	594.2	611.8
부실여신	9.8	{18.8	30.5	43.5	56.9
대손충당금	5.0	9.1	13.0	20.8	28.7
부실여신비율	4.09	5.57	7.25	7.33	9.30
BIS 비율	7.73	9.01	9.94	9.60	7.75

※ 정부개입은행인 Union 은행과 Cremi은행 제외

이제 정부는 우선 금융감독기능의 강화를 위해 전국은행위 원회(National Banking Commission)와 증권위원회(Securuty Commission) 를 통합하고 인력을 보강했으며, IMF, 세계은행, 미주개발은 행(IDB) 등으로부터 기술지원을 받았다. 그리고 은행예금보험 기금(Fobaproa)을 통해 시중은행이 BIS 기준을 충족할 수 있도

록 지원하고 긴급외화어신을 제공했으며 부실채권 인수를 통해 은행의 자기자본확충을 지원했다.

9. Fobaproa에 의한 금융구조조정

Fobaproa는 1990년 7월, 상업은행들의 예방적 지원과 저축보호를 목적으로 설치되었다. 이 기구는 공식적인 예금보호제도도 아니고 금융기관에 대한 전면적인 지원기구도 아니었으나 대규모의 금융위기가 발생하자 정부는 Fobaproa를 통해 여러 가지 방법으로 은행들을 구제하게 되었다. 그 프로그램의 내용을 보면,

가. 상업은행들이 해외은행들과 금융계약을 이행할 수 있도록 보장해주고 대외상환을 위한 외화자금을 1년 이내의 단기로, 25%의 금리고 공급했다.

나. 자기자본이 취약한 은행은 중앙은행의 지원으로 자기자본비율을 9%까지 끌어올리고 이후 동 비율이 8.5%이하로 하락할 때에는 Fobaproa가 5년 만기 후순위 전환채권을 인수하는 방법으로 필요한 자금을 출자했다. 다만 은행의 자기자본비율이 9%를 상회할 경우 Fobaproa가 인수한 채권을 환매하는 옵션을 갖도록 했다.

다. 채무자의 부담을 경감시켜주고 상환기간을 최장 10년까지 연장해주는 채무조정을 실시했다. 이 채무조정은 주로 부채를 상환중인 400만 명의 채무자들을 대상으로 실시되었으며, 채무에 대한 평균할인율은 주택담보 대출의 경우 45%, 농수산부문 대출 35%, 중소기업부문 대출 32%였다. 채무조정의 규모는 GDP의 3%에 해당하는 1,128억 페소 규모가 되었다.

라. 지급불능에 빠진 은행들에게는 공적자금을 투입하여 자본을 확충하고 부실채권을 매입했다. 이와 더불어 부실경영의 책임자를 형사처벌하고 Fobaproa가 경영에 직접 개입하는 조치를 취했다.

마. 부실채권의 매입규모는 당해 은행의 신규 납입자본금의 2배로 하여 구주주 또는 신규주주들의 투자를 독려했다. 은행들은 Fobaproa에 매도한 부실채권을 회수할 책임을 지고, 미회수로 인한 손실을 Fobaproa와 분담하는 의무를 졌다. 부실채권의 매입가격은 유명 회계법인의 실사를 근거로 결정되며, 매입대금은 정부보증의 Fobaproa채권으로 지급했다. 이 채권은 원리금 10년 만기로 유통이 불가능하고, 이자는 재정채권(Cetes) 평균금리로 하여 매 3개월마다 원금에 가산해나간다.

위와 같은 공적자금지원에 의해 경영이 정상화 된 은행들은 국내외은행에 매각하고 그렇지 못한 은행은 청산절차를 밟게 했다. 그 결과 1991~92년 사이에 민영화되었던 18개 은행 가운데 13개 은행이 합병되거나 파산되고, 상업은행들의 평균 자기자본비율은 1998년 3월 기준, 16.9%로 증가하였으며, 부수익여신은 실질적으로 6.4% 감소함으로써 금융구조조정 작업은 큰 성과를 거두었다.

그러나 이 과정에서 Fobaproa가 인수한 부실채권은 680억 달러 규모인데 비해 자산매각 등을 통해 회수할 수 있는 금액은 200억 달러에도 못미쳐 재정에 막대한 손실을 주게 되었다. 이는 Fobaproa가 부실채권의 인수기준을 아이하게 채정했고, 부실채권의 정리도 민간 전문가가 아닌 공무원이 주도한데다가, 담보물의 압류·매각 절차에 법적 장애가 많아 채권회수가 대단히 어려웠기 때문이다. 심지어 채무자는 파산시 법적 절차가 지연되는 동안 쉽게 재산을 빼돌리기도 했다. 이 때문에 나중에는 은행에서 담보대출 자체를 꺼리게 되었다. 이에 정부는 2000년 4월, 담보신탁제도를 도입, 담보물 처분을 용이하게 함으로써 담보대출을 활성화시키고 있으며 회사정리법을 제정, 법원의 결정에 의한 채무조정을 제도화했다.

10. 예금보호제도의 개편

이와 같이 Fobaproa는 붕괴위기에 처해있던 멕시코의 금융체계를 안정시키고 금융기관들의 자산건전성을 회복하는데 결정적인 역할을 했지만 정부에 대하여는 막대한 재정부담을 남겨주게 되었다. 일반적으로 예금보호제도는 일정 범위 이내의 예금을 보장하고 있는데 반해, 멕시코의 경우는 금융기관들이 신고하는 모든 예금을 보호해 줌으로써, 금융위기가 발생했을 때 정부는 막대한 공적자금을 투입하지 않을 수 없었기 때문이다.

이에 정부는 98년 3월, 중앙은행의 외환통제권 강화, 외국자본의 은행 소유 제한 철폐와 함께 Fobaproa의 개편을 내용으로 하는 금융개혁법 제정을 추진했다. 동 금융개혁법 중 예금보호제도와 관련된 부분으로는,

가. Fobaproa를 개편하여 새로운 예금보호기구(IPAB, Instituto Para la Proteccional Ahorro Bancario)을 설립하고 보호대상예금을 제한한다. Fobaproa 부채는 IPAB에 이전하는 방법을 통해 연방정부의 공공부채로 편입한다.

나. Fobaproa 채권을 보다 유리한 조건의 IPAB발행 채권으로 대체하고 유통이 가능하게 함으로써 정부부담을 최소화하고 은행의 유동성을 높여준다.

다. 의회는 정부보증채권의 발행을 일정한 범위 내에서 제한하여 정부와 의회의 공동책임을 강화한다는 것이다.

동 금융개혁법은 99년 1월 통과되었으나 IPAB은 이사선임

과정에 진통이 있어 5월 1일에야 출범했다. IPAB의 주요임무
는 예금자보호, 은행지원의 완료, Fobaproa 인수 부실채권의
관리 매각으로 정리되었다.

IPAB은 보호대상 예금범위를 2005년까지 단계적으로 축소
하여 개인 및 법인 1인당 10만 불로 제한하기로 하였으며, 은
행들에 대하여 2004년 말까지 자본확충을 지원하고 보험요율
을 예금 1,000페소 당 3페소에서 4페소로 인상하기로 했다.
또한 IPAB은 부실채권처리를 위한 새로운 프로그램을 설정하
고 이 프로그램에 참여한 은행들에게 Fobaproa 채권을 교환
해주는 방안을 마련하여 시행 중에 있다.

11. 세디요 경제정책의 성과

세디요 정부의 집권 첫해이자 페소화위기 첫해인 95년, 멕
시코는 투자위축과 재정긴축으로 경제성장 −6.2%를 기록하고
소비자물가는 52% 급상승했다. 또한 22,500개의 기업이 경영
난에 봉착하여 그 중 상당수가 도산했다. 이에 따라 100만 명
이상의 실업자가 발생하고 은행의 부실채권은 총 대출대비 94
년 7.4%에서 18%로 급등했다. 그러나 대외부문에 있어서의
페소화의 평가절하에 따른 수출호조와 외국인 투자확대로 국

제수지가 크게 개선되었으며, 그 결과 경제성장률은 +5.1%로 급상승하고 97년 중에는 주가지수가 5,300포인트까지 폭등했다.

그러나 97년 하반기 아시아의 경제위기, 98년 러시아 위기의 영향으로 멕시코의 경제는 98년 2/4분기 이후 불안해지기 시작했다. 과거 3년간 흑자를 유지하던 무역수지가 98년 77억불의 적자를 기록하고, 98년 1월 17.94%였던 금리(재정채권 28일물 기준)가 동년 7월, 41.145로 폭등했다. 이러한 경제불안에 대처하여 정부는 동년 11월 '중기(1999~2000년) 경제정책 목표 및 전략'을 의회에 제출하고 시행에 들어갔다.

그 주요내용은 물가와 환율안정을 위한 통화관리, 재정건전화를 위한 세출억제, 공공부채관리 강화, 무역 및 자본시장 자유화, 효율적인 금융구조조정을 위한 금융개혁법제정 및 예금보호제도 개편, 국내 자본시장의 활성화 등이다.

멕시코에서 이러한 상황이 전개되고 있는 99년 1월, 브라질에서 발생한 금융위기는 또다시 남미전역으로 파급되어 그동안 안정을 유지하던 아르헨티나, 베네수엘라, 콜롬비아는 물론 83년 통화위기 이후 7~10%대의 고성장을 구가하던 칠레마저 심각한 경기침체에 빠지게 했다. 그러나 멕시코의 경우는 위와 같은 일련의 정책으로 신속히 대처함으로써 99년 중 3,7%, 2000년 1/4분기 7.9%의 높은 경제성장을 기록하고

있고 실업률은 2.1%, 물가상승률은 10%, 대미화 환율은 9.1∼
9.5페소 서에서 안정을 보이고 있다.

세디요 집권기의 주요경제지표

구 분	1994	1995	1996	1997	1998	1999	2000 1/4
GDP 증가율(%)	4.4	−6.2	5.2	6.7	4.8	3.7	7.9
물가상승률(%)	7.1	52.0	27.7	15.7	18.6	12.3	10.1
재정수지/GOP(%)	−0.1	0.0	0.0	−0.7	−1.3	−1.1	0.1
경상수지(10억 달러)	−29.7	−1.6	−2.3	−7.4	−16.1	−14.2	−4.2
환율(연평균, 페소/달러)	3.38	6.42	7.60	7.92	9.23	9.6	9.3

12. 멕시코 경제사례가 주는 시사점

지난 7월 2일, 멕시코 대통령선거에서는 과거 71년간을 집
권해 온 제도혁명당(PRI)를 누르고 제1야당인 국민행동당(PAN)
의 비센테 폭스 후보가 당선됐다. 과거 정부들은 선거 때마다
집권당 후보를 지원하기 위해 경제정책을 왜곡하고 그 결과
또 다른 경제위기를 초래하곤 했지만, 현 세디요 대통령은
1994년 통화위기시 수립했던 경제정책을 지속적으로 실천해
나갔고, 지난 97년 지방선거나 총선에서 그러했듯이 이번 대
선에서도 엄격하게 중립을 지켰다.

이에 따라 현 정부는 경제개혁과 구조조정의 과정에서 다소

비판의 소지가 있었음에도 불구하고 심각했던 경제위기의 극복과 경제구조개혁에 성공한 최초의 정부로 기록될 것이다.

우리는 지금까지 멕시코의 경제위기와 정책대응과정을 살펴보는 가운데 다음 몇 가지 교훈을 얻어낼 수 있을 것으로 생각한다.

첫째, 경제정책을 수립하고 추진하는데 있어서는 정치적인 중립이 보장되어야 한다. 인기나 정권유지를 위하여 민중에 단순히 영합하는 정책이 시행돼서는 안될 것이다. 경제·사회의 구조개혁은 과감하고도 일관성 있게 추진되어야 하며 특정 계층을 의식한 시행상의 굴절은 배제되어야 할 것이다.

둘째, 금융자유화에 있어서는 감독체계와 건전성규제제도의 확립이 선행되어야 하며 무분별한 여신확대는 부실채권의 양산을 초래하고 금융위기의 원인이 된다. 또한 금융의 국제화 과정에서 지나치게 외채, 특히 단기차입을 유입하는 것은 특히 자본시장이 성숙되지 아니한 국가에서는 극히 위험한 일이다.

셋째, 일시적인 경제성장에 자만하여 무분별하게 소비를 늘리고 소비재를 수입하는 일, 또한 방만하게 재정지출을 늘리는 것은 또 다른 경제위기를 불러오는 큰 요인이 된다. IMF 이전까지 흑자를 유지하던 우리 나라의 재정수지가 지난 해 15.5조원의 적자를 기록한 것이라든지, 지난 1/4분기 경상수지 흑자가 전년 동기 대비 1/5로 떨어진 상황을 우리는 심각하게 받아들여야 할 것이다.

오늘 날 한 국가의 경제위기는 다른 어느 부분보다도 금융의 혼란에서 비롯되고 있고 금융위기는 또 외환의 불안에서 야기되고 있다. 과거 중국에서는 양자강의 물의 흐름을 잘 다스리는(治水) 임금이 성군聖君으로 추앙받았지만 오늘날에는 돈의 흐름(金融)을 잘 다스리는 정부가 훌륭한 정부로 인정받고 있다.

내가 걸어온 길 3

과거는 미래라는 나무를 키워주는 퇴비요,
현재를 한 계단 높이 올라 서게 해주는 발판입니다.
그리고, 과거를 되짚어 보는 것은 그 과거에서 벗어나
새로운 역사를 쓰겠다는 의지의 표출입니다.
이런 전제 아래 그간 걸어온 길을 더듬어 보았습니다.

나는 청년기를 격동의 세월, 그 중심에서 보냈습니다.
나와 비슷한 세대,
아니, 우리 국민 모두가 힘든 세월을 살아왔음을 알면서
특별히 격동 운운 하는 것은 내 삶의 궤적이 바로
격동의 정치판 안에 그려지고 있기 때문입니다.
보통 사람들처럼 편안한 삶이 되지는 못했습니다만
내가 좋아서, 내가 원해서 그리 된 것이니 후회는 없습니다.
아니, 후회가 아니라 이제 새로운 각오로
더 적극적으로, 더 치열하게,
지금까지 추구해왔던 꿈을 마무리 하고자 합니다.
이 글을 쓰는 이유가 여기에 있습니다.

내가 걸어 온 길

청운의 꿈을 안고 서울로

1958년 겨울, 초등학교 6학년 겨울방학 때, 나는 목사골 나주에서 그 해 수확한 고구마 한 마대와 깨 두 되를 짊어지고 서울 유학길에 올랐다.

당시는 이승만 정권이 부패할대로 부패하여 무너져가고 있을 때였다. 내가 중학교 2학년 되던 1960년, 4 · 19 혁명이 났고, 이듬해 박정희 소장이 주도하는 5 · 16군사정권이 들어서면서 내 정치 인생도 예고되고 있었다.

그 때의 나는 지금처럼 분방하지 못했다. 오로지 학교생활에만 충실해야 했다. 고구마와 깨를 짊어지고 유학길에 올랐다고 했으니 나의 가정 형편이 어떠했을지, 이로써 설명이 되리라. 만약 내가 흐트러지면 그 날로 나주행 밤차를 타야 했으니 나는 늘 자신에게 회초리를 겨누고 생활했다. 그러나 낙엽 지는 고궁의 벤치에서 눈부시게 하얀 칼라의 여학생을 만나는 낭만도 있었고, 잠 못 이루고 뒤척이며 미래를 설계하는 고뇌의 시간도 있었다.

1965년 6월 22일, 박정희 정부는 당시 중앙정보부장이었던 김종필 씨를 내세워, 이승만 정부가 1951년, 1차 예비회담을 시작한 이래 14년간 지루하게 끌어오던 한일협정을 매듭 짓는다. 명분이야 과거청산, 새로운 한일 관계개선이었지만 기실 과녁은 일본의 36년간 강제 점령에 대한 배상금이었다. 당시 박정권은 국가 재건을 혁명과업으로 내세웠던 바, 그 수행을 위해서는 자금이 필요한데 국가 재정이 넉넉지 못했다. 해서 대일청구권 행사를 서둘렀고, 그 과정에서 국민의 강력한 저항을 받았다. 그 저항의 선봉에 학생들이 있었다.

나는 고등학교 2학년 때여서 반대시위에 직접 참여하지는 않았지만 매스컴에 보도되는 뉴스를 보면서 민주주의와 국가에 대해 깊이 생각하는 계기가 되었다. 그렇게 어수선한 가운데 1967년 대학에 입학하였다가 이듬해 육군에 입대했다. 그리고 3년 후 제대를 하니 입대하기 전보다 사회는 더욱 혼미했다. 민주주의 실현을 주장하는 사람과 학생들은 영구집권을 꿈꾸는 군사정권과 날카로운 대치의 예각을 세우고 있었다.

정치세계로의 입문

1971년 제7대 대통령선거에 김대중 선생이 신민당후보로 출마했다. 나는 군사정권이 민정이양을 하겠다는 공약을 어기고 영구집권을 획책하는 것이 마땅치 않았다. 해서 김대중 후보의 유세장에 나갔다. 그 자리에서 그 분의 민주주의를 추구하는 열정과 가슴 깊이 꽂히는 논리에 감복하여 그 분을 흠모하게 되었다. 나는 그 분으로부터 정치를 배워야겠다는 생각으로 전국 유세장을 쫓아 다니기 시작했다.

권력과 금력을 갖춘 박정희와, 패기·능력만으로 돌진하여 부딪히는 김대중 후보, 이 두 사람의 유세 싸움은 스릴이 느껴졌다.

그러나 내가 보기에는 공화당 후보인 박정희가 유리한 듯했다. 그는 현직 대통령이라는 프리미엄과 그간 다져두었던 조직이 있었다. 거기에 농촌개혁정책으로 전개해오던 재건운동의 슬로건을 새마을운동으로 바꿔 활발하게 진행하고 있는 중이어서 농민들의 지지도가 매우 높았다. 거기에 비하면 김대중 후보는 조직과 금력에서 밀렸다. 그러나 그는 정치에 관한한 동물적 감각과 예리한 통찰력을 가지고 있었다. 그는 박후보의 장기집권 음모를 갈파하고 만일 이번에 정권을 교체

하지 못하면 다음에는 정권교체 기회마저 압수하고 총통체제로 독재를 자행할 것이라고 공격했다. 그의 판단은 옳았다. 실재로 박정희는 당선되자 유신체제로 끌고 가지 않았는가.

김대중 후보는 경제에 대해서 많은 공부를 하고 있었다. 이미 《김대중 씨의 대중경제》라는 경제 연구도서도 펴낸 바 있어, 그 이론을 무기로 박정희 후보를 압도했다. 박정희 후보는 국가재건을 위해 현실적으로 많이 노력했지만 경제 이론에서는 밀리는 인상이었다.

그 때 유세장을 다니면서 기억에 남는 이야기 두 가지.

하나. 지금 날짜는 정확히 기억나지 않지만 정읍유세가 낮 12시로 잡혀 있었다. 그런데 도중에서 차량고장으로 유세팀이 무려 3시간이나 늦게 도착했다. 그런데 그 긴 시간을 청중들이 흩어지지 않고 그가 올 때까지 기다리고 있었다. 늦은 시간까지, 그 많은 인파가 흐트러지지 않고 있다는 것은 나로서는 상상도 할 수 없는 일이었다. 감탄사가 절로 나왔다.

둘. 전남 영광 유세는 장터에서 있었다. 사람이 얼마나 많이 모였던지 시장 지붕 위까지 인산인해를 이루었다.

유세도중 시장 지붕 한 부분이 무너져 내렸다. 자칫 큰 사고로 이어져 인명 피해가 날 수 있는 순간이었다. 그런데 사람들이 서로서로 어깨동무를 하여 추락하는 위기를 모면했다. 그 장면을 김대중 후보가 보고는 껄껄 웃으며 '어렵게 선거는 하지만 떨어지지는 않겠구먼. 저 봐! 떨어지지 않잖아!’ 하면서 박수를 유도했다. 위기의 순간을 재치로 풀어내는 여유와 상황에 적절하게 맞추는 유머가 참으로 인상적이어서 지금도 기억한다. 정치를 하려면 다방면에 박식해야 하지만 유머도 있어야한다는 것을 그 때 알았다. 해서 그 후 나는 많은 책을 탐독했고 나름대로 공부도 열심히 했다.

군대를 제대하고는 학업도 중단하고 생업에 종사해야 했다. 그러면서 가끔 고향 선배이자 친누나의 조카인 전 국회의원 K씨를 찾아가 뵈었다. 그 분은 당시 신민당 소속으로 김대중 대통령 후보의 충남조직책을 맡고 있었다.

1월 말쯤으로 기억하는데 동교동 김대중 후보 사택에 사제 폭발물이 터지는 사건이 있었다. 경찰은 사건을 조사한다는 명분으로 비서, 경호원, 가정부까지 연행하여 조사했다. 그 때 김장곤 씨도 연행되어 사건과 전혀 관계 없는 김대중 후보 선거전략에 대해 심문을 받았다고 술회한 적이 있다. 어려운 가정형편에도 불구하고 민주주의 실현을 위해 고생하는 것을 보고 어린 마음에 존경스럽게 생각했다. 내가 도와 줄 수 있다면 도와주고 싶었다. 그래서 그 분이 부르면 거절하지 않고 달려갔다.

김대중 선생, 위험했던 교통사고

1971년, 제8대 국회의원선거가 5월 25일에 있었다. 당시 신민당 당수는 유진산 씨였는데, 씨는 원래 지역구가 영등포 갑구였다. 그런데 후보 등록마감 하루 전날, 돌연 지역구를 포기하고 전국구 후보 1번으로 등록했다. 이 때문에 청년 당원들이 반발한 소위 '진산파동'을 겪는 곡절이 있었다. 해서 김대중 선생은 전국구 후보 2번으로 등록하고 백의종군, 전국을 돌며 지원유세를 했다. 그런데 묘하게도 국회의원 선거가 있기 하루 전날인 24일, 전남 무안에서 이상한(?) 교통사고가 났다.

사고가 있기 전, 김대중 선생의 유세는 가히 폭발적인 호응을 받았다. 가는 곳마다 청중이 몰려 대대적인 환영을 보냈다. 그래서 각 지역구 입후보자들은 그 분의 지원유세를 간절히 바랬다.

5월 24일, 그날도 김대중 선생은 영등포 지역 지원유세가 일정으로 잡혀 있었다. 그래서 고향에 내려갔던 선생은 서울로 올라오기 위해 일행과 같이 승용차를 탔다. 그런데 차가 무안군 삼향면 국도를 달리고 있을 때 건너 편에서 대형 트럭이 중앙선을 넘어와 선생의 차를 향해 정면으로 돌진했다. 선생이 탄 차의 운전기사가 급히 핸들을 돌려 피했으나 차의 뒷부분이 받쳤다. 차는 중심을 잃고 언덕 아래로 굴러 떨어졌다. 트럭은 선생의 차 바로 뒤에 오던 영업용 택시와 정면으로 충돌, 그 차 기사와 손님 등 3명이 즉사하고 3명이 중상을 입었다. 영업용 택시 자리에는 원래 경호원 차가 따랐는데 영업용 차가 무슨 급한 사정이 있었는지 앞지르려고 끼어들었다가 그만 변을 당했던 것이다. 이 사고로 선생은 중상을 입고, 비서 권노갑을 비롯 주치의, 경호원 등도 중경상을 입었다. 그만큼 큰 사고였다. 선생은 그 사고가 단순한 사고가 아니라 누군가의 사주에 의해 조종된 것으로 믿고 있었다. 그도 그럴 것이 사고 상황도 그렇거니와 그 트럭이 당시 공화당 모 국회의원의 소유였다는 것이 석연치 않게 했던 것이다.

김대중 선생은 손과 팔, 그리고 다리를 다치는 중상을 입었다. 그러고도 무안의 한 작은 병원에서 깁스를 하고 바로 영등포로 갔다. 예정시간보다 7시간이나 늦었다. 그때까지 수천 명의 청중이 기다리고 있다가 그를 뜨겁게 맞아주었다.

우여곡절 끝에 선생은 전국구 후보로 제8대 국회의원이 된다. 신민당은 이 선거에서 204석 중에서 89석을 얻는다.

통일당에 입당하다

지금 새천년민주당이 신당이니 구당이니 하면서 두 개로 갈라졌듯이 당시 신민당도 젊은 그룹, 즉 개혁지향인 사람들은 양일동 씨를 총재로 한 '통일당'이란 우산 아래에 모였다.

나는 통일당 당보국 보급부 차장이란 당직을 갖게 되었다. 이 때부터 나는 정치를 본격적으로 시작한 것이다. 당시, 야당 하기란 참으로 힘들었다. 그 한 예로 한 달에 한 두번 당 소식지 당보를 발행해야 하는데 인쇄소에서 인쇄를 해 주지 않았다. 이유는 불문가지不問可知, 여당 시녀노릇하는 경찰의 눈치가 보여서였다. 해서, 직접 식자를 해다가 여관방에서 우리들이 편집을 했다. 그리고는 인쇄소의 기계를 빌려 청년당원들을 주위에 경비로 세우고 인쇄를 한 후, 발송할 것은 발송하고 나머지는 거리에서 배포했다. 그러다가 경찰에 걸리면 파출소에 연행되어 갇히는 게 예사였다. 그렇게 하룻밤 새우고 있으면 당에서 사람이 나와 석방시켜 주곤 했는데 최소한 현역 국회의원이나 부총재급 당무위원이 와야 석방되었다. 이런 일들이 매월 반복되었다.

72년 10월, 김대중 선생은 지난 번 교통사고 후유증으로 다리가 다시 아파 치료차 일본으로 갔다. 그러자 곧바로 국내에서는 박정희 대통령이 전국에 비상계엄을 선포하고 국회를 해산하며 모든 정치활동을 금지시켰다. 소위 유신체제로 바꿔 버린 것이다. 김대중 선생은 치료 후 귀국하려 했으나 국내로 돌아오는 것이 위험해지자 그대로 머물며 세계의 언론을 상대로 박 정권을 신랄하게 비판했다. 박정희 대통령의 입장에서는 정말로 '눈에 가시' 같은 존재였다. 그리되니 박정희 충성파가 그냥 보고만 있었겠는가.

73년 8월, 한국 중앙정보부장 이후락의 지시로 정부부 요원들이 김대중 선생을 일본 도쿄의 한 호텔에서 강제 납치했다. 중앙정보부의 애당초 계획은 선생을 쥐도 새도 모르게 제거하는 것이었으나 이미 알려진대로 미국 정보망에 포착되는 바람에 미수에 그쳤다. 김대중 선생으로서는 5·24 무안교통사고에 이어 또다시 죽을 고비를 넘긴 것이었다.

그 후 김대중 선생은 76년 3월 민주구국선언 사건으로 77년 대법원에서 징역 5년을 선고받고 투옥되었다가 78년 2월 형집행 정지로 석방되었다.

통일당은 78년 총선에서 처음 기대에는 턱없이 모자란 겨우 3명의 국회의원만 확보했다. 그리되자 자연히 원내 활동이 미미했다. 끝내는 80년 2월 당간부 30여 명이 대거 신민당으로 입당하고, 그해 4월 양일동 씨가 사망하자 10월에 해산되었다.

민주연합청년동지회 결성

79년 봄, 나는 나라를 위해 젊은 청년들이 힘을 모으자고 주창하여 민주연합청년동지회를 결성했다. 그 창립총회를 정보요원들의 눈을 피해 경기도 의정부에 있는 수락산에서 갖었다. 그런데 행사 당일, 신혼부부가 신혼여행을 우리가 모임을 하고 있는 장소로 왔다. 신혼부부는 사진과 비디오 촬영을 하는 등, 법석을 떨었으나 나는 단순히 '신혼여행을 이런 곳으로도 오는구나.' 하고 별스럽게 생각하지 않았다. 그런데 80년 광주 항쟁이 일어나고 남산안기부 취재실에 잡혀 갔더니 그 때 신랑이었던 사람이 거기 있었다. 그러니까 그는 안기부 요원이었으며 그 때 신혼 사진촬영은 사실 우리를 찍기 위한 연극이었던 것이다.

전두환 정권은 당시 광주항쟁을 우리 연청에 연결하려고 애를 많이 썼지만 근거를 없애버린 탓으로 다행히 곤욕을 치르지는 않았다. 만약 그들이 민주연합청년동지회의 조직이 결성되어 있는 줄 알았으면 우리는 틀림 없이 광주사태의 조종세력으로 몰렸을 것이다. 우리가 피할 수 있었던 것은 그 때 총무를 지금은 고인이 된 충북 영동 출신인 박의수 동지가 맡았었는데 그가 재빠르게 조직명단을 불살라버렸기에 그냥 넘어

갈 수 있었다.

79년 10월 26일, 박정희 대통령 시해사건이 일어나 나라는 혼미했지만 80년 2월, 김대중 선생은 사면, 복권이 되어 정치 활동을 재개했다. 이어서 5월 18일, 우리 정치사, 아니 민족사에 한으로 남을 광주민주항쟁이 일어난다. 그 참혹한 내용은 여기에 다 기술할 수 없어 생략한다. 다시 김대중 선생을 내란죄로 구금하고 그해 9월에는 군사재판에서 사형을 선고했다. 특히 김대중 선생과 가까운 사람들은 모두 구속시켰고 정치규제로 묶어 정치 활동을 일절 못하게 했다. 이 일로 김대중 선생을 따르던 모든 사람들은 실의에 빠져 매일 술로 세월을 보냈다. 그러면서 김대중 구명운동에 적극적으로 참여했다.

나는 당시 조그만 자동차 부품상을 하고 있었다. 그러나 시국이 어수선하여 장사도 하기 싫고 만사가 귀찮아서 매일 선배나 친구들과 술로 허전한 심사를 달랬다. 오전 10시쯤 모여 삼겹살을 두서너근쯤 사서 짊어지고 산으로 갔다. 소주 한 잔 마시고 세상을 원망하기에는 산 속이 그렇게 좋을 수 없었다. 그 때는 정부를 비토하면 즉시 안기부나 경찰서에 잡혀가 죽도록 맞거나 구속되기 때문에 함부로 말도 못하는 때였다. 실컷 군사정부를 성토하면서 하루 빨리 좋은 세상이 오기를 기원했다.

한편 김대중 선생은 전 세계의 지도자들과 언론이 석방하라

고 군사정부에 압력을 가하여 81년 1월에 무기징역으로 감형
되고, 82년 12월에는 미국으로 망명길에 오른다. 명분은 신병
치료였지만 그것은 표면상 이유이고, 군사정권의 강압으로 쫓
겨나는 것이었다.

미국으로 간 김대중 선생은 그 곳에서 '한국인권문제연구
소'를 창설하고 반정부 활동을 전개하고 있었다.

요지경 국회의원 선거

85년에 있은 12대 국회의원 선거 때, 재미있던 일화가 있다.

당시 막강했던 K의원이 신민당 창당에 참여하면서 당내의
일을 동교동 계열이 주도적으로 할 때였다.

지금은 고인이 되신 C의원이 있었는데 국회의원 출마 공천
을 하면서 C의원에게 전국구 6번을 약속했다. 그러다가 사람
이 몰려드니까 16번까지 밀렸다. 그런데 16번도 당비로 육백
만 원을 요구하자 C의원은 돈이 없고, 그 부인이 이자돈을
얻어다가 어렵게 16번을 확보했다. 그러나 당선이 불분명하자
고민하고 있던 차에 어떤 사람이 천육백만 원에 자기를 달라
고 하자 얼른 넘겨주었다.

한참 지나고 나서 그 사람도 당선이 안 될 것 같자 다시 물

려줄 것을 강요했다. 육백만 원은 빚 갚고 천만 원밖에 없다고 하니, 그러면 그거라도 돌려달라고 했다.

그래서 천만 원만 돌려주고 다시 16번을 갖게 되었다. 그런데 신당바람이 불어 17번까지 당선권에 들게 되어 C의원은 공짜로 전국구 국회의원이 되었다.

또, 스님이 국회의원이 된 경우가 있었다. 내가 불민한지 모르지만 우리 헌정사에 스님이 국회의원이 된 건 그 분이 처음이라고 알고 있다. 그 분은 전국구후보 순번을 받으면서 딩비를 어음으로 냈다. 그런데 당선이 되고 나서 어음이 부도가 나는 바람에 입건되었다.

그 스님 다음 순번인 18번을 받은 사람은 B선배였다. 그는 앞순번의 전국구 당선자 중, 잘못되어 결원이 생겨야 승계할 수 있었다. 그런데 스님국회의원이 부정수표건으로 입건되자 자기가 승계 할 줄 알고 고향에 내려가 소를 잡아 잔치를 하는 둥, 난리 법석을 피웠다. 그런데 스님은 무혐의 처리되어 다시 국회로 돌아왔다. 그 바람에 B선배는 진정제와 위장병 약 여러 병을 팔아주고도 한동안 건강이 좋지 않아 정치권에 들어서지 않았다.

나 역시 그러한 사람 중에 한 사람이지만 정치를 하고자 하는 지망생이 많다보니 일어난 해프닝이었다.

깡패들의 난동장이 되었던 당기위원회

85년 2월에 있은 제12대 국회의원 선거에서 갑자기 민한당이 퇴보하고 신민당이 103석으로 거대야당이 되었다. 그러자 정치적 투쟁이 격렬해지기 시작했고 야당탄압이 극에 달했다. 해서 신민당원들은 당사에 들어가지도 못하고 추운 겨울에 한 데에서 당무회의를 하는 일도 생겼다. 한 쪽에서는 민추협(민주화추진협의회)이 결성되어 정당보다 더 강렬하게 투쟁하였다. 당시 신민당은 김영삼 씨의 정치규제가 풀리지 않아 당총재를 이민우 씨에게 넘겨 당을 대신 운영하게 했다. 그런데 김대중 선생이나 김영삼 씨 입장에서는 이민우 씨의 대 정부 투쟁강도가 마음에 들지 않아 항상 불만이었다. L씨 그리고 또 다른 L씨와 이민우 총재가 양김 씨의 의중대로 따라주지 않았던 것이다. 두 분의 눈에는 그들이 군사정부에 동조하는 것으로 보였던 것 같다. 그러던 중 L의원은 의원내각제를 주창하여 해당 행위로 당기위원회에 회부 되었다. 그러자 그 L씨가 즉각 반발하고 나섰다. 그리고 끝내는 동원한 조직깡패가 무서워 당기위원장이 사표를 내는 사태가 일어났다. 해서 지금 현역 4선 의원으로 있는 S의원을 당기위원장으로 임명하려 했으나 그 의원도 사양하고 종적을 감추었다. 그런 우여곡절 끝에 지금은 정계에서 은퇴한 김영배 전 의원이 당기위원장을 맡게 되었다. 평소 같으면 당기위원장은 낭 6역에 들어가기 때문에 서로 하려고 할 판이었는데 당시에는 상황이 그러니만치 그런 촌극이 벌어졌던 것이다.

당기위원장은 임명되었으나 당기위원회는 계속 연기되고 있었다. 이유는 L씨가 조직깡패를 3~4백 명씩 동원, 당사를 점령하고 있어 회의개최가 여의치 않았기 때문이었다. 그래도 당기위원회는 열어야 해서 정확한 기억은 아니지만 아마 1월 4일이었던가, 당기위원회 회의날짜가 잡혔다.

나는 4월 3일 밤, 동교동 김대중 선생 사택에서 숙직근무 중 이었다. 당시 권노갑 비서실장이 부르기에 갔더니 내일 당기위원회가 열리니 김영배 의원을 보호하라고 했다. 해서, 신태호, 김연관, 강대연, 박호덕 등등의 동지를 아침 일찍 동교동으로 소집, 화곡동에 있는 김영배 의원 자택으로 방문, 모시고 당사로 갔다.

당사에 도착해서 보니 분위기가 살벌했다. 우리는 대충 사전에 짠 계획대로 정해진 위치해 대기하고 회의가 열리기를 기다렸다. 나는 출입문에 서서 출입자를 통제하고 있었다.

회의가 시작되고 회의장 안에서 큰소리가 나기 시작했을 때 누군가 갑자기 몽둥이로 내 이마를 가격해 피가 솟구쳤다. 나는 넘어져서도 나를 가격한 깡패의 다리를 붙들고 소리를 질러 동료들에게 알렸다. 그러자 많은 깡패들이 한꺼번에 몰려와 나를 짓밟기 시작하였고, 누군가 의자로 내 가슴을 내려치는 바람에 나는 의식을 잃었다.

얼마가 지났을까, 양손이 따뜻하여 눈을 떠 보니 한 쪽에는 권노갑 비서실장이, 또 한쪽에는 K 중진 의원이 내 손을 잡고 있었다. 그런데 K의원은 울고 있었다. 당시의 암담한 정치 현실에 울분을 쏟고 있었던 것 같았다. 그 분의 눈물이 나의 손목에 떨어져 나는 아픈 중에도 송구한 생각이 들었다.

주위에는 많은 기자와 당직자, 의원들이 있었다. 그 때는 나라가 격동기여서 외신기자들이 무척 많았다. 그들과 당직자, 의원 등, 하도 많은 사람들이 병원에 들어오는 바람에 병원업무가 마비가 될 지경이었다. 나는 이마가 터지고 갈비뼈가 4대나 부러져 120일간이나 치료를 받아야 했다. 병원에서 알게 됐지만 내가 다칠 적에 신태호 동지는 머리가 깨졌고, 한호상 선배는 귀가 찢어졌다고 했다.

그때 내가 병원에 있었던 120일 동안 대소변을 받아 준 동지들에게 이 글을 쓰면서 새삼 다시 감사드린다. 입원해 있을 때, 야당 의원 103명과 당직자, 그리고 김영삼 전 대통령과 이희호 여사도 병문안을 와 주셨다. 김대중 선생은 연금되어 있어 병원을 찾지 못했다고 들었다. 이 사건으로 인해 신민당이 해체되고 통일민주당이 태동한다.

대통령 직선제 개헌 투쟁

퇴원해서 보니 통일민주당이 결성되어 나는 조직국 1부장으로 임명되어 있었다. 나는 당분간 허리에 복대를 매고 출근해야 했다.

당시 김대중 선생은 연금상태였다. 우리 추종자들은 매일 동교동 로타리에 있는 심지다방에서 모임을 갖고 시위에 나섰다. 그 때마다 경찰들은 하루에도 두어 번씩 우리들을 차로 실어다가 고속도로에 부려버리곤 했다. 그러면 우리는 3~4시간을 걸어서 다시 심지다방으로 모였다. 또, 어떤 때는 난지도 쓰레기더미에 내려놓기도 했다. 그 때 그곳은 화물차만 다녔는데 그나마 좀 얻어 타려고 해도 화물차 운전자들이 경찰들에게 끌려가 곤욕을 치룰까봐 태워주지 않았다. 할 수 없이 여름에 악취가 진동하는 난지도를 걸어서 동교동까지 오곤했던 일들이 지금 새삼스럽게 생각난다.

86년 2월, 김대중 당시 민추협공동의장이 개헌청원 1천만인 서명운동을 전개하면서 전국적으로 대통령 직선개헌운동이 확산되기 시작했다. 그 일환으로 각 도마다 지부개설 현판식 행사가 있었다. 그 때마다 나는 선생을 따라 현장으로 달려갔다. 훗날 역사의 자료가 될 선생의 연설을 녹취하기 위해서였

다. 또 '우리소식'이라는 동교동에서 만든 유인물을 배포하였
다. 당시 이런 유인물은 경찰에 걸리면 압수를 당하고 소지자
는 구속이 되었다. 경찰들은 길거리에서 수시로, 아무나 붙잡
고 소지품을 검사했다. 그래서 소위 건달이라는 사람들도 배
포하는 것을 꺼려했으나 나는 젊은 우리가 해야 한다는 소명
의식으로 해냈다.

그렇다고 해서 동교동에서 차량 연료비와 경비를 지원해주
는 것도 아니었다. 모든 경비는 내 스스로 해결했다. 재미 있
었던 것은 현장에 내려가면 당원들이 상도동과 동교동의 계
보로 확연하게 나뉘어 지는 것이었다. 상도동 동지들은 식사
라든가 모든 면에서 여유가 있었으나 동교동 동지들은 그렇
지 못했다. 같은 차량으로 이동하면 상도동과 동교동의 차이
점이 더 확연하게 드러났다. 그래서 나는 상도동 동지들과 같
이 탑승해야 할 경우 우리 동교동 동지들에게 미리 얼마씩의
돈을 내 주머니에서 주었다. 지금도 그 때의 일을 잊지 않는
후배 동지들이 가끔 그 이야기를 한다.

직선제개헌 지부현판식은 각 도별로 이루어졌는데 그럴 때
마다 동교동에서는 아침부터 몸싸움이 벌어졌다.

김대중 민추협공동의장이 현판식 참석차 외출하기 위하여
나오면 경찰들이 막았다. 그 과정에서 동교동 동지들과 경찰
과 몸싸움이 일어나 많은 동지들이 다치고 입원을 하기도 했

다. 그 예로 현역의원인 최훈 의원이 고막이 터지고 무진·장수 지구당 위원장이던 이상옥 의원은 귀가 찢어지는 상처를 입었다. 동교동 비서로 있던 현 의원인 윤철상 의원은 허리를 다쳐 근 10여년을 고생했다. 나도 그 과정에서 많은 타박상을 입고, 결혼식 때 받은 예물시계가 짓밟혀 박살이 나기도 했다.

한 번은 내가 차에 탄 채 견인차에 끌려 경찰서까지 간 일이 있었다. 그 이유는 좌회전시 깜박등이 들어와야 히는데 진구가 망가져 불이 안 켜지는 데서 사단이 시작되었다. 교통순경이 차를 세우고 범칙금 딱지를 떼려 하기에 '그건 소모품이라서 그럴 수도 있는 건데 무슨 딱지를 떼냐.' 하고 실랑이가 벌어졌다. 물론 내 과실임을 나도 잘 알고 있었다. 그러나 당시는 경찰에게 늘 당하는 입장이어서 잠재적으로 갖고 있던 알레르기성 피해의식이 원인이었다. 그러다가 그 경찰은 차 뒷창에 부착된 직선제 개헌 팜플렛이 눈에 띄자 그걸 제거하라고 하였다. 그래서 '당신이 뭔데 제거하라 마라 하냐? 우리 당 방침이 직선제 개헌이고 차에 붙여 홍보하는 것은 당의 명령이기 때문에 제거 할 수 없다.' 고 버텼다. 그랬더니 바로 기동대 경찰들이 왔다. 내가 끝까지 차에 들어가 문을 잠그고 앉아 있으니까 아예 차체를 견인하여 경찰서까지 끌고 갔다. 그 날 경찰서 당직 근무자가 정보과장이라고 했다. 그는 '내

체면이 있으니 저걸 떼고 나가서 다시 부착하면 되지 않느냐.'고 사정했다. 나는 '내 손으로는 뗄 수 없고 당신이 알아서 하시오.'하고 자동차 문을 열어 주었다. 그랬더니 그는 팜플렛을 제거하고는 돌아가라고 하였다.

개헌 지부개설 현판식은 인천사태로 막을 내리게 된다.

인천지부 현판식은 참으로 힘들었다. 경찰들이 사람들을 해산시킨답시고 현판식 행사를 하고 있는 시미회관 실내에다 최루탄을 쏘았다. 그 때 그 안의 수천 인파가 아우성치던 모습이 지금도 생생하다. 그 건 민주경찰로서는 차마 못할 일이었으나 그들은 태연히 해냈다. 당시 김옥두 현 의원과 나는 김대중 당시 민추협공동의장의 연설 육성이 제대로 녹음되게 하기 위하여 기기들을 새것으로 빌려가지고 갔다. 행사장 앞에는 경찰들이 막아 서 있고, 최루탄은 연신 터져 숨을 쉴 수가 없었다. 하여 목적달성도 못하고 무거운 기기들을 들고 옆담장을 넘어 피신해야 했다. 그 날 행사는 경찰들 때문에 엉망이 되고 말았다.

노태우 씨의 6 · 29 선언

1987년 5월 1일, 통일민주당이 창립된 뒤로 민주화추진위원

회 동지들과 본격적으로 투쟁에 돌입하여 많은 가두집회를
하였다. 그러는 중에 3천명이라는 많은 학생늘이 일시에 구속
되는 건국대학교사건이 발생했다. 시민들, 특히 택시 기사들
은 일시에 경적을 울리면서 우리에게 동조를 했다.

그 무렵, 87년 2월에는 박종철 군 고문사건이 터졌고, 7월에
는 최루탄에 맞아 사망한 이한열 군 사건이 연달아 터졌다.

6월 항쟁을 이야기 할 때에는 특히 박종철 군 고문치사 사
건과 이한열 군을 빼 놓을 수 없다.

박종철 군은 당시 서울대학생이었다.

당시 치안본부(현 경찰청) 대공수사팀은 새학기에는 학생들의
시위가 거세어질 것을 예상하고 사전에 차단하기 위해 주동
자 색출에 열을 올리고 있었다. 해서 방학 중에 박종철 군을
남영동 분실로 불러 조사하다가 고문치사 시켰던 것이다. 그
때 당시 경찰은 그 사인을 '탁' 하고 책상을 치니 '억' 하고 죽
었다고 코미디 같은 발표를 해서 유행어를 창작해냈다.

이한열 군은 6·10 대회를 앞둔 하루 전날 오후 5시경에 연
세대학교 정문 주변에서 시위를 하다가 30m전방에서 발사한
경찰의 최루탄 파편에 맞아 그 자리에서 쓰러졌다. 옆에 있던
동료 학우들에 의해 병원에 옮겨졌으나 호흡장애, 혈압 급강
하로 온 몸이 마비가 된 채 혼수상태에 빠졌다가 7월 5일 끝
내 숨을 거두었다.

이러한 일련의 사건들은 6월 항쟁의 촉매 역할을 했다. 이한열 군의 장례식은 7월 9일 이었는데 노제행렬이 연세대에서 시청까지 이어졌다. 무척이나 더운 날씨임에도 불구하고 신촌에서 시청까지 인산인해를 이루었다.

5월 27일 경에 민주통일민중운동연합(민통련)과 통일민주당의 주도아래 '민주헌법쟁취국민운동본부'가 결성되었다. 민중들은 점차 그 단체를 주축으로 세력을 확장, 군부정권을 압박하기 시작했다. 전두환 당시 대통령은 육사 11기 동기이자 같은 하나회 회원이었던 노태우 씨를 후계자로 지목하고 권력승계를 도모하고 있었다. 노태우 씨는 당시 민주정의당 대표위원이었다. 민중들은 전국 각도시에서 동시다발적으로 시위를 하며 민주화를 요구했다. 그 결과 마침내 6월 29일, 노태우 씨가 대통령을 직선제로 선출할 것과 시국사범의 석방, 그리고 김대중 선생을 사면·복권시킬 것이라고 발표했다. 소위 6·29선언을 한 것이다.

이것은 전두환 군사정권과 민정당의 항복선언으로 받아들여졌다. 그래서 전국민은 놀라움과 동시에 환영했다. 민주화 투사들과 학생들이 최루탄에 눈물 흘리고, 경찰봉에 맞아 피흘리며 얻어낸 승리였다. 처음 노태우 씨의 전격적인 선언을 도출해 낼 때만 해도 그것이 곧바로 야당 지도자들의 승리인 것처럼 보였으나 그건 착각이었다. 당시 야당지도자들은 잡아 놓은 고기를 요리할 줄 몰라 그냥 다시 살려주는 꼴을 겪는다.

투쟁의 현장에서

나는 민중들이 학업과 생업도 포기한 채 거리로 쏟아져 나와 민주화를 갈구하는 외침을 들으면서 거대한 역사의 도도한 흐름을 몸으로 감지했다. 이제 누구도 민중들의 민주화에 대한 갈망을 꺾지 못할 것이라는 예감과 함께 목숨을 걸고 싸운 전쟁에서 승리한 것 같은 전율이 느껴졌다. 그래서 나와 동지들은 더욱 기세를 올리며 시위현장을 누볐다.

매일 같이 최루탄과 싸우는 시위에 국회의원 부인들도 참여했다. 그런데 독한 최루탄에 연약한 여자들이 그냥 쓰러져 실신하기 일쑤였다. 우리는 그 부인들을 안전지대로 피신시키는 일이 더 힘들었다.

또 풍선에다 '독재타도', '직선개헌' 등의 글자를 달아 하늘로 날리기도 했다. 그 아이디어는 이희호 여사가 제공했다. 나는 영등포에서 황중규라는 동지와 밤을 새우면서 풍선에 수소를 넣는 작업을 했다. 영등포 그의 사무실에서 밤 새워 만든 풍선을 시간을 정하여 서울 전지역에서 날렸다. 그 과정에서 최기선 동지가 붙잡혀 구속되는 일도 있었다.

나는 직선제 서명 파동으로 수배가 되어 도망 중에 선배들
과 함께 고대학생집회에 참석했다. 그 자리에는 박찬종, 한광
옥, 한영애 전 의원 등, 많은 정치인들이 참석하였다. 그 날
집회를 마치고 학생회장인 허인회 군이 경찰에 출두하기로
되어 있었다. 집회가 끝나고 출두하려는 그를 동료 학생들이
말렸다. 그러자 허인회 어머니가 마이크를 붙들고 관중을 향
하여 '허인회는 내 아들이 아니고, 여러분의 허인회도 아닙니
다. 허인회는 이 나라의 아들이니 스스로 갈 수 있도록 도와
주십시오.' 라고 열변을 토했다. 순간 나는 울컥 울음이 나왔
다. 아들이 경찰에 연행되면 모진 고통을 당하고 고생을 할
텐데 저렇게 의연할 수 있을까, 참으로 훌륭한 어머니이기에
훌륭한 아들을 두었구나 생각했다.

그 후 며칠이 지났을까, 서울대에서 집회를 한다고 하여 역
시 고대에 참석했던 선배들과 함께 참석하였다. 그런데 집회
를 마치고 돌아오는 길에 수배 중인 선배들이 붙들려 구속되
었다. 당시 서울대 학생회장은 김민석 전 의원이었으며 그 때
구속된 사람은 한광옥, 한영애, 박찬종 외, 다수였다. 그 선고
공판에서 여자인 한영애 전 의원이 가슴이 서늘할 정도로 논
리정연하게 소신을 퍼붓는 것을 보고 매우 놀랐다. 그 때 그
녀는 독하다고 느껴질만큼 냉철하고, 기가 살아 있었다.

87년 4월, 김대중 선생은 무려 쉰 네 번째의 연금에서 풀려

났다. 이어 7월에는 사면과 복권이 되었다.

정치란 냉혹한 것

13대 대통령선거를 앞두고 양 김은 서로가 대통령이 되겠다는 생각 때문에 후보 단일화에 실패하고 분당이 된다. 김영삼 총재는 스스로 자신이 대통령이 되어야 하는 당위성과 자기가 나서야 유리하다는 것을 강변하였다. 그의 주장은 '전라도 표 다 합쳐도 대구나 경북 하나 당하지 못한다. 또 김대중 씨에게는 거부세력이 있어 실패할 것이며 자신은 아무 거부세력이 없다.' 는 것이었다. 동교동에서는 거부세력 운운하는 표현에 대해 몹시 언짢게 생각하였다. 후보문제가 논의되는 초기에 김영삼 총재는 대통령 후보가 당권까지 가져야 한다고 주장했다. 그렇다면 김대중 씨 입장에서는 후보도 주고 당권도 준다면 남는 게 무어란 말인가? 김동길 씨 표현대로 낚시나 해야 할 판이었다. 김영삼 총재는 김대중 씨가 시간과 경비 등, 여건이 충분하지 못해 새로운 당을 만들어 나갈 가능성에 대해서는 전혀 상상도 하지 못한 것 같았다. 후에 김영삼 총재는 후보는 자신이 하고, 당권은 50 : 50으로 하자고 수정제의 하였으나 여전히 동교동의 반발을 잠재우지는 못했다.

이래서 동교동계는 분당하고 신당을 창당하기로 결정했다.

10월 10일, 김영삼 총재는 대통령 출마를 선언하고, 후보 단일화에 실패한 동교동계는 곧바로 신당 창당작업에 들어갔다. 통일민주당에 속해 있던 국회의원들과 당직자 및 당원들은 두 분 중 한 분을 선택해야 했다. 상도동계와 동교동계, 영남과 호남의 갈라섬이란 단순히 보면 두 사람의 별리이지만 사실은 전체 국민들이 둘로 나뉘는 비극적인 일이었다. 해서 참모는 물론, 재야, 종교계, 학계, 언론계까지 모두 나서 후보 단일화를 권하고 원했지만 결국 두 사람의 고집 앞에서는 헛수고였다. 정치란 그렇게 냉혹하고 무서운 것이라는 것을 새삼 깨달아야 했다. 그 때 내 눈에는 두 사람의 인식이 '정치판에서는 먼저 내가 있고 그 다음에 국가와 국민이 있는 것'이라고 판단하는 먼저 것처럼 비쳤다. 김대중 선생은 대통령이 되겠다는 짐념을 스스로도 못 꺾는 것 같았다. 또 주위에서도 퇴진을 허락하지 않았다.

지역감정의 골에 빠지다

그 무렵 나는 평민당의 중앙당 연수부국장을 맡게 되었다. 그리고 나서 본격적인 선거운동에 접어들었는데 지역감정이란 태풍이 전국을 휩쓸기 시작했다. 우리는 말로 표현할 수 없는 비참한 경우를 수도 없이 당했다.

민정당 경상도 쪽에서 노골적으로 지역감정을 부추기는 자극성 루머를 퍼뜨렸다. 예를 들면, '전라도 식당에 밥을 먹으러 가서 주문을 경상도말로 했더니 김대중 선생님 만세를 외치라 하였다. 그래서 거절했더니 밥을 팔지 않더라. 또, 주유소에서는 경상도 사투리로 주문을 했더니 기름은 팔지 않고 욕만 하더라. 여관에 투숙을 하려고 해도 경상도 말을 하면 잠도 안 재워 주더라……' 는 식이었다. 전라도 사람들이 멍청이가 아니라면, 그리고 진실로 김대중 후보를 당선되게 하고자 한다면 표의 이탈을 막기 위해서라도 더욱 친절히 할 것 아닌가. 또 장사하는 사람이 찾아오는 손님을 내쫓는 우매한 짓을 하겠는가. 이는 모두 경상도표 이탈을 막기 위해 지역감정을 악용한 흑색선전이었다. 이런 상황에서 부산으로 유세를 하러 내려갔으니 국제호텔사건 같은 어이없는 일이 터질 수밖에 없지 않았던가 싶다.

부산 국제호텔 사건은 무엇인가?

김대중 후보는 71년 대통령선거 이후 16년 만에 부산 해운대에서 연설회를 가졌다. 기자들에 의하면 100만에 가까운 인파가 몰렸다고 한다.

그날 밤, 후보를 비롯하여 수행원 모두 부산 국제호텔에 투숙했다. 호텔 식당에서 저녁 식사가 시작되는데 알 수 없는 인파가 호텔을 덮치기 시작했다. 우리 수행원들은 호텔 문을 잠그고 경비를 강화하였으나 호텔의 유리문이 전부 파괴되어 급히 경찰을 불렀다. 상황이 상황이니 만큼 경찰이 신속하게 출동해 수습해야 하는 데도 늦장 출동하여 한 시간 동안을 대치해야 했다. 그날 밤 우리 수행원들은 후보 내외를 안전하게 모시기 위해서 외부인이 방에 쉽게 접근하지 못하도록 투숙한 방문 앞 복도에 지그재그로 서서 보초를 섰다. 왜 한 나라에서 그렇게 해야 되는 것인지 참으로 안타까웠다. 이렇게 불안한 상황이 계속되었으므로 나는 항상 숙소에 폭탄과 녹음장치는 없는지 점검을 해야 했다. 암살 지령이 내려졌다는 괴소문 때문이었다. 하여 한 때는 후보도 방탄조끼를 입고 단상에 섰다. 그리고 모르는 사람이 주는 음료나 음식물은 들지 않았다.

후보는 지방 유세 나들이를 대략 2박 3일에서 3박 4일정도로 했다. 그 때 나는 선생께서 곧 청와대에 입성하여 당신이 그토록 염원하던 민주주의 철학을 펼치게 되리라는 꿈에, 아니 착각에, 힘든 줄 모르고 수행을 했다. 그럴 수밖에 없었던 것이 서울 보라매공원에 인파가 300만이니 500만이니 하였고, 지지하는 인파가 김대중 후보를 따라 인산인해를 이루었다. 서울 외에 다른 곳도 마찬가지였다. 호남 지역으로 유세를 가면 인파에 막혀 이동할 수조차 없었다. 이동시간이 많이 걸려 유세 장소에 몇 시간씩 늦게 도착해도 그 많은 사람들이 흩어지지 않고 기다리고 있었다. 이런 상황이었으니 주변 참모들 모두 흥분하고 들떠 있었던 것이다.

한번은 완도 숙소에 도착예정시간이 밤 8시였는데 인파로 길이 막혀 새벽 2시에 도착했다. 그런데 그때까지 도로변에서 횃불을 들고 기다리는 인파를 보고 놀라지 않을 수 없었다. 새벽 1시, 2시에도 거리에 나와 '김대중! 김대중!'을 연호하는 군중을 보면서 선거에 진다고는 감히 생각도 못했다.

그렇게 서울, 경기, 충남, 호남은 인파가 인산인해를 이루었지만 구례를 지나 하동땅에 들어서면 우리 일행을 문둥이 쳐다보는 듯한 싸늘한 시선에 참담한 기분을 느껴야 했다.

돈은 없어도 인정은 따뜻했다

당시 평민당은 돈이 없어 운동원들이 점심을 굶고 선거 운동을 해야 했다. 그때 알기로는 이중재 전 의원이 대선 본부장이었는데 그가 김대중 후보에게 '돈도 없이 출마하여 어떻게 하겠다는 것이냐, 빵은 먹어야 일을 할 것 아니냐.'고 항의하는 것을 보았다. 궁리끝에 당비납부를 호소하는 광고를 신문에 내고 나서는 조금씩 자금이 사정이 나아졌다.

유세장에서 민심을 읽게 해주는 일화가 있었는데 지금도 그 생각을 하면 울컥! 가슴을 밀고 올라오는 감동이 있다.

전라남도 곡성에서 유세를 할 때, 어떤 할머니가 찾는다고 하여 내가 갔다. 만나보니 70세는 넘어 보이는 할머니께서 다짜고짜 내 손을 잡고 배는 안 고프냐고 물으시면서 손수건에 싼 무언가를 쥐어 주셨다. 풀어 보니 어린이용 금반지가 15개나 들어 있었다. 할머니는 '얼마 되지는 않지만 이것을 팔아 보태 쓰라.', '이 것뿐이어서 어떻게 하냐.'고 말씀하시는데 나는 눈물이 핑 돌았다. 당비가 없어 운동원들이 굶는 형편이라는 소식을 듣고 시골에서 농사 짓는 할머니께서 어린 아이 돌반지를 가지고 나오셨던 것이다. 받지는 않았지만 얼마나 고맙고 가슴이 찡했던지…….

경상도 하동에서는 지역감정이 판을 치고 있는 데도 한 할아버지께서 찾아오시어 '돈이 없어 못 보태주고, 이거 얼마 가지 않을 거지만 팔아서 보태 쓰시오.'하고 매화 그림 하나를 던지듯이 주시고는 이야기 나눌 틈도 주지 않고 사라지셨다. 그때는 바빠서 선거가 끝나고 감정을 받았더니 정약용 선생의 작품으로 상당한 금액이 나가는 것이었다.

전남 보성에서는 갑자기 보온병 부자가 되어 후배들에게 하나씩 나누어 주는 선심을 쓰기도 했다. 그 때 막 보온병이 나오던 터라 웬만한 집안에는 보온병이 없던 시절이었다. 나는 후보의 의식衣食을 책임지는 입장에서 유세장에서도 가까이 수행하고 있었는데, 어느 날 수녀 세 분이 찾아 왔다. 그 분들은 보온병 일곱 개를 건네주며 '선생님 건강을 위하여 다려 온 약이니 항상 따뜻하게 하여 드리라.'고 했다. 그리고는 금방 돌아 서는 그 분들을 불러, '보온병은요?' 하니 '가져가셔도 좋아요.' 하며 그냥 가는 바람에 당시 시골에서는 그리 흔치 않았던 보온병 부자가 됐던 것이다.

마산 유세 때, 마산은 붕어탕이 유명하였다. 마침 유세가 12시쯤이어서 나는 점심으로 붕어탕을 준비하게 하여 후보의 차량으로 갔는데 여기저기서 돌과 각목이 날아들었다. 다급한 순간이었다. 우리 수행원들은 날아오는 돌을 몸으로 막으면서 후보를 겨우 차량에 타게 했다. 그리고 뛰어가면서 차 안으로 점심을 넣어 드려야 했다. 무모하고 한심한 작태의 지역감정은 식사도 제대로 하지 못하게 했다. 경상도에서 울산은 그래도 지역감정이 적었다.

지방유세를 한 번 갔다 오면 며칠간은 수도권 유세를 하여, 지역 안배를 했다. 서울에서는 지방보다 청중이 많이 모였다. 그런데 김대중 후보는 청중이 많이 모이면 흥이 나서 그런지 유세 시간이 약속된 시간보다 늘어나기 일쑤였다. 때문에 오후 유세는 1시간에서 2시간쯤 늦는 것은 다반사였다. 해서,

수행원들은 식사를 빵으로 때우거나 굶는 경우가 허다했다.
이런 사실을 이희호 여사가 알게 되 '당신은 당신을 위해서
그렇다지만 그 사람들은 당신을 위해서 일하는데 식사라도
거르지 않게 해주어야 할 것 아닌가요.' 하면서 후보에게 핀잔
을 했다. 그리고 지방 유세를 나가면 손수 토스트를 만들어
이동 중에 배고프면 먹으라고 우리 수행원 차에 잔뜩 실어 주
었다. 그분은 자상하고 인정이 많은 분이었다.

김대중 대통령 후보를 모시고

1987년 가을, 후보를 모시고 27년 만에 그 분의 고향 방문
길에 나섰다. 광주에서 1박을 하고 목포로 가는 아침, 숙소에
서 후보 내외 분이 타는 엘리베이터를 대기시키고 기다렸다.
그러나 너무 지체되기에 경호원들을 먼저 내려 보냈다. 그런
데 12층에서 엘리베이터가 떨어졌다. 다행히 경호원들은 젊고
힘이 있어 가볍게 다치긴 했지만 중상자는 없었다. 그러나 노
약자가 그 엘리베이터를 탔다면 어떻게 되었을까…… 생각하
니 다리가 떨렸다. 즉시 호텔 측에 항의를 하고 조사를 촉구
했다. 결과, 전문가의 짓이 아니면 엘리베이터가 떨어질 리
없다고 하였다. 누군가가 김대중 후보가 그 엘리베이터를 탈

줄 알고 기계를 조작했을 거라는 심증이 갔다. 그러나 그냥 덮어두고 복포로 향했다. 큰 일을 준비 중인데 심려를 끼쳐드리기가 죄송해서 그렇게 했다.

목포로 가는 동안 수많은 인파가 환영하러 연도로 나와 자동차가 제대로 움직이지 못했다. 목포에서 하의도로 들어갔는데 그곳에는 택시가 한 대밖에 없었다. 그래서 선착장에서 생가까지 3km정도 되는 곳을 김대중 후보 부부만 탑승하여 가고 나머지 기자들과 수행원들은 도보로 갔다.

목포에서 하의도까지 배로 한 시간 반 걸렸다. 그런데 신기하게도 섬으로 들어갈 때나 나올 때에는 호수보다 더 잔잔하던 바다가 목포에 되돌아 나오자 그때부터 파도가 치기 시작하고 태풍이 일었다. 우연치고는 참으로 묘한 우연이었다.

그 날 밤, 목포 신안 비치호텔에 여장을 풀었다. 김대중 후보는 저녁 만찬을 위해 외부로 나갔다. 그런데 후보의 방 바로 옆, 경호원들이 자고 있는 방에 불이 났다. 나는 당황하지 않을 수 없었다. 광주에서는 엘리베이터가 떨어지고, 이 호텔에는 불이 나고……. 내 기분은 말할 수 없이 불안했다. 나는 호텔 지배인을 불러 원인 분석과 점검을 다시 철저히 해 줄 것을 당부하고, 그 날 밤은 뜬 눈으로 새웠다. 다행히 후보 내외분은 그러한 사고들을 전혀 알지 못했다. 그래도 혹시나 하여 안절부절하며 밤을 지새웠다. 그렇게 후보로 하여금 27

년만의 고향 방문을 무사히 마치게 수행임무를 마치고 나니 안도의 큰 숨이 절로 나왔다. 나는 그 뒤로 선생의 숙소와 음식 등, 의식주를 총괄하는 업무를 맡았다.

그렇게 천신만고 끝에 있었던 대선에서 김대중 후보는 노태우 후보에게 패배했다. 김영삼 씨와의 협상에서 야당후보 단일화 실패에 따른 당연한 귀결이었다. 당사자들은 더 했겠지만 나 역시 허무했다.

어수선한 사회

13대 대통령선거에서는 많은 불법이 자행되었다.

모당에서 '김대중 후보 사퇴, ○○○ 후보 지지'라고 큼지막하게 인쇄하여 전국적으로 살포하려고 기도한 사건도 그중의 하나다. 이 사건으로 인하여 나는 한 때 경찰로부터 피신해야 하는 신세가 되기도 했다.

그때 나는 동교동에 있었다. 누군가 전화를 걸어 대뜸 '인쇄소 직원인데 민주국가에서 선거를 공정하고 깨끗하게 해야지 남을 중상모략 하면 되느냐.'고 분개하면서 '김대중 대통령 후보 사퇴했느냐?'고 물었다. 그래서 왜 그러느냐고 했더니 '김대중 후보 사퇴하고 ○○○ 후보 지지한다.'는 유인물을 많이 인쇄했노라고 제보를 해주었다. 하여 장소를 확인하고 차태식, 이춘범 동시와 셋이서 인쇄소로 가서 보니 기가 막혔다. 실제로 '김대중 후보 사퇴 ○○○ 후보 지지'라고 쓰여진 유인물이 얼마인 지도 모르게 많이 제작되어 한편에서는 트럭에 실려지고 또 한편에서는 계속해서 인쇄되고 있었다. 우리 세 사람은 먼저 신분을 밝히고 작동 중인 인쇄기를 멈춰줄 것을 요청했다. 그러자 인쇄물을 싣던 건장한 젊은이들이 우리를 제지했다. 숫적으로 열세를 느낀 우리는 즉시 중앙당에 연락하고 차량을 막아 시비하는 도중 다른 당직자들이 대거 몰려왔다. 그리고 내 기억으로는 O선배가 청년당원들과 합심하여 인쇄기를 뜯어 인쇄를 못하게 했다. 그리고 남아 있는 인쇄물 일부를 빼앗아 우리 차에 싣고 돌아왔다. 이 일이 화근이 되어 후일 나는 일시나마 곤욕을 치러야 했다.

시국이 어수선하니 어이 없는 일도 속출했다.

하루는 동교동으로 40대 쯤으로 짐작되는 목소리의 남자가 전화를 해 왔다. 그리고는 '나는 컴퓨터 전문 요원인데 이번 선거에 컴퓨터 조작을 내가 하였다. 지금 안기부에서 생활하고 있고, 내가 움직이면 안기부 직원이 항상 동행하기 때문에 신고를 할 수가 없다. 오늘 인천 ○○병원에 치료차 와서 잠깐 시간이 나 전화를 하는 것이니 잘 들으라.'고 하면서 '내가 3일 후, 오후 3시에 다시 이 병원에 오게 되니까 여러분들이 나를 납치하여 주기 바란다.'고 하였다. 그리고 '부탁이 있는데 식구들이 당장 생활을 해야 하니까 돈 50만 원을 부쳐 달라.'고 하면서 자기 계좌번호를 알려주었다. 우리는 반신반 의하면서도 그래도 제보해 온 것이니 일단 진위를 파악해 보 기로 했다. 약속한 날짜에 당원 20여 명과 함께 인천 그 병원 에 갔다. 2시쯤 도착하여 위치를 적당히 잡고 긴장 속에 3시 를 기다리고 있었다. 시간이 남아 있기에 분위기 파악차 돌아 보느라고 2층 다방에 들렀더니 그 곳에 통일민주당 김영삼 대통령 후보 측근인 K씨가 있었다. 그 사람은 나와 신한민주 당 시절 조직국에 같이 근무를 해서 친한 사이였다. 서로 여 기에 온 이유를 이야기하다 보니 그 이유가 똑같았다. 전화한 남자는 당시 컴퓨터 조작 운운 하는 소문이 시중에 돌고 있던 터라 그를 이용해서 용돈이라도 얻어 쓸 생각으로 양쪽으로 사기를 쳤던 것이다. 어이 없고 쓴 웃음 나는 이야기다.

밤 10시에 30여명이 난지도 쓰레기장을 밤새도록 헤맨 적도 있었다. 난지도 쓰레기장이 그렇게 넓은 지 그 때 알았다.

냄새 나는 쓰레기장을 누비게 된 사연인즉, 누군가 김대중 후보가 받은 투표지를 빼내어 난지도 쓰레기장에서 태우고 있다는 정보를 K사무총장에게 제보하면서 시작되었다. 당의 고·하위 당직자 모두 선거에서 졌다는 패배감에 울분을 터 뜨리고 있던 중에 그 전화 한 통화는 휘발유통에 성냥불을 그어 댄 꼴이었다. 모두 흥분된 상태라서 사건의 진위는 물론이고 가능성에 대한 검토노 없이 즉각 출동순비를 했다. 만일의 사태에 대비하여 남대문까지 가서 가스총을 구입하고 육탄전에 쓸 각목도 준비했다. 그리고는 사무총장과 같이 있던 국회의원 3명이 진두지휘하고 젊은 당원이 대원이 되어 마치 6·25 동란 후 지리산 공비 토벌이라도 가듯 기세등등하여 몰려갔다. 현장에 도착하니 음식찌꺼기와 쓰레기 썩는 냄새가 뒤섞여 숨주차 제대로 쉴 수 없었다. 거기에다 어둡기까지 하여 발이 푹푹 빠져 구두와 옷도 말이 아니었다. 쓰레기장 곳곳에서 발생하는 가스냄새도 지독했다. 그래도 쓰레기 태우는 불빛만 있으면 이리 뛰고 저리 뛰는 해프닝을 벌였다.

지금 생각하면 참 어이가 없다. 생각해 보라. 어느 우매한 사람이 투표용지를 들고 그 더러운 쓰레기장까지 가서 태우겠는가. 그러다가 만약 언론기자들이나 정적 당원에게 들키면 무슨 꼴을 당할지 모르는데. 더구나 당시 각 구청에는 쓰레기 소각장도 갖추어져 있는데. 사람이 당황하거나 흥분하면 머리 속이 그 생각만으로 가득 차 이성적 사고가 마비되는 것을 실감했다. 쓴웃음 나는 두 번째 이야기다.

도망자 생활

내가 이렇게 궂은 일, 힘든 일을 했던 것은 정치를 몸으로 배우고자 함도 있었지만 김대중 선생을 좋아해서였다. 그분의 민주주의에 대한 신념과 미래를 보는 혜안, 그리고 우리 민족이 더불어 살아가야 한다는 철학을 존경해서였다.

선거 이틀 뒤 당사에 나갔더니 K 현 의원이 '지금 경찰청에서 붙잡으려고 왔다. 일단 피하라.'고 하였다. 혐의는 지난번 인쇄소에서 인쇄물을 강제로 빼앗았던 사건 때문이었다. 그 때 인쇄소에 처음 간 우리 세 사람, 즉 나를 비롯하여 차태석, 이춘범이 특수절도 및 폭력 혐의로 고소되어 있었던 것이다. 나는 억울하다는 생각이 먼저 들었다. 불법을 행한 사람들이 적반하장으로 그 불법을 제지한 사람들을 고소하다니…‥. 당장 경찰청으로 가서 시시비비를 가리고 싶었다. 그러나 꼭 그렇게 단순하게 생각할 일만도 아니니 우선 피하고 사태추이를 보자는 주위 사람들의 권유를 따르기로 했다. 차태석 동지는 이미 집에서 체포되었다고 했다.

나와 이춘범 동지는 그 날부터 도피생활을 시작하였다. 막상 도피하려니 갈 곳이 없었다. 넓은 세상에 그 많은 사람을 알고 있는 데도 갈 곳이 마땅치 않아 사람이 많은 극장이나 시장을 배회하다가 쉬고 싶으면 다방으로 들어가 구석자리를 찾았다. 저녁이 제일 고민이었는데 숙박할 곳이 마땅지 않아 주로 친척집의 신세를 졌다.

도피생활 2주 째였다. 광주에 있는 친구의 동생 결혼식이 있었다. 꼭 참석 해달라고 하여 88년 1월 2일. 광주로 출발했다. 무척 추운 날씨에 갑자기 눈, 비까지 내려 도로가 빙판이 되어 있었다. 내려가는 도중 고속도로에서 내 승용차가 미끄러져 버스에 부딪치는 가벼운 접촉사고가 났다. 내 차의 앞부분이 망가졌으나 시간에 쫓겨 그냥 내려갔다. 정읍 톨게이트 앞에 무슨 일인지 많은 교통경찰들이 모여 있었다. 도둑이 제 발 저린다고 나를 붙잡기 위해 있는 것 같은 생각에 고창 방향으로 길을 바꾸었다. 그러나 결국 고창검문소에서 붙잡혔다. 역시 죄 짓고는 못산다는 말이 실감났다.

고창경찰서로 연행되었는데 마침 연휴여서 1월 6일까지 대기해야 했다. 시간이 남아돌아 당직 경찰들과 많은 이야기를 했다. 그 때 그들로부터 중요한 정보를 얻었다. J씨에 대한 정보였다. 고창에서는 J씨가 민주투사라는 사실이 높이 평가되고 있다는 것, 그리고 고창에는 J씨 씨족사회가 형성되어 있어서 문중의 협력만 받으면 다가오는 선거에서 승리를 할 수 있다는 것이었다. 여러 가지 정황을 분석해 본 결과 그가 출마하면 당선될 수 있다는 확신을 가질 수 있었다. 그 후 나는 서울로 압송되었다.

마침 먼저 잡혀 구속되었던 차태석 동지가 자기 혼자 벌인 일이라고 나에게 유리한 진술을 해주어서 붙잡힌 지 6일 만에 나올 수 있었다.

석방된 다음 날, 나는 동교동에 가서 김대중 선생께 그간 있었던 일을 보고하고 이어 J 당시 국장의 이야기를 상세히, 세대주 수치까지 제시하면서 설명 드렸다. 설명을 끝까지 들은 선생은 고개를 끄덕끄덕 하였다. 그 영향이었는지는 모르겠으나 그 이튿날, 내정되었던 국회의원 후보가 J씨로 바뀌어 발표되었다.

87년, 13대 대선에서 실패한 김대중 선생은 이듬해 4월 총선에서 전국구로 당선되어 국회로 다시 들어갔다. 한편 90년 2월 9일, 노태우 대통령의 민정당, 김영삼 씨의 통일민주당, 김종필 씨의 공화당이 통합하여 민자당을 창당했다. 7월에는 김대중 선생도 평민당 총재에 재선되고 이듬해 4월에는 신민주연합과 통합하여 신민당으로 개편하고 총재에 거듭 선출됐다.

김대중 총재는 지방자치제의 필요성을 누누이 강조하다가 90년 10월에는 전면실시를 요구하는 13일간의 단식농성에 들어갔다. 또 61명의 소속 국회의원 전원도 의원직 사퇴서를 쓰면서까지 강력하게 투쟁했다. 그러나 민자당은 시큰둥 할 뿐, 아무런 성의를 보이지 않았다. 우리 당직자들도 동조 단식투쟁을 하는 한편, 15일간의 농성을 병행하며 투쟁해서 결국 지자제를 이끌어냈다. 옥동자를 낳기 위해서는 10개월의 고통이 따르듯 이렇게 지자제는 큰 고통 속에서 탄생되었다. 동시에 정치자금법도 만들게 했다.

이러는 과정에 나는 총재의 수행비서를 겸해 신민당 농수산 부국장과 산업국장을 맡아 일했다.

두 번째 도전해서 서울시의원으로

그 뒤 91년, 나는 강동구에서 서울시의원에 출마하였으나 실패하고 말았다. 실패 원인은 지역감정으로 분석되었다. 또 그간 내가 특별히 강동 지역을 위해 봉사를 한 것도 별로 없었으니 어쩌면 당연한 귀결일지도 몰랐다.

나는 개표 다음 날 선거유세 때 하던 것처럼 이른 아침부터 지역 골목을 돌아다니면서 '부덕한 저에게 많은 표를 주셔서 성원에 감사합니다.' 하면서 깨끗하게 승복인사를 다녔다. 저녁에 골목길을 돌며 인사하노라니 술 먹던 사람들이 나를 보고 '멋진 사람이다.'라며 지고 나서 무슨 기분으로 골목길까지 다니며 인사를 할 수 있느냐고 칭찬과 박수를 보내 주었다. 나를 위해 건배도 해주었다. 나를 지지했던 어떤 이는 손을 잡고 눈시울을 붉히기도 했다.

선거를 하자면 어쩔 수 없이 유언비어가 날포된다고 한다. 그러나 어떻게 그렇게 근거 없는 말을 할 수가 있을까? 어떻게 그렇게 철면피해질 수 있을까? 내가 직접 선거를 치루어 보니 참으로 가관이었다. 정작 후보들은 페어플레이를 하는데 운동원들이 과열되어 있지도 않은 이야기를 만들어 유포하였다. 그것이 윗사람의 지시에 의한 각본인지는 모르지만……. 내가 출마하니까 '저 사람은 우리 동네에서 살지도 않고 압구정동에서 온 사람이니 선거가 끝나면 떠날 사람이다. 따라서 우리 동네를 위해서 일 할 사람이 아니니 우리 후보를 찍어 달라.'고 하였다. 그러나 이 정도는 애교스러운 수준이고, 정말 황당한 인신공격과 모함이 난무했다. '정식 부인이 아니고 술집 여자다.', '정복진은 노름쟁이다.' 라는 식이었다.

민주주의는 대의정치다. 대의정치에서 선거는 절대요소다. 따라서 무릇 정치를 하고자 하면 선거는 피할 수 없는 관문인데 그 관문을 통과하고자 하니 이렇게 어려웠다. 하지만 정치란 무엇이고, 그 출발점은 어디이며, 조직관리는 어떻게 해야 하는지 등등, 실로 많은 것을 생각하고 배우는 계기가 되기도 했다. 또, 스스로 성찰하는 시간도 갖게 해주었다. 무언가 한 계단 올라서고, 뿌옇던 물체가 또렷하게 보이는 느낌이었다. 비록 선거에서 패배는 했지만 많은 것을 배웠다.

234

얼마 후, 김대중 총재께서 부르기에 갔더니 심기일신하고 다시 중앙당일을 하라고 했다. 해서 중앙낭 업부국장 임명장을 받고 다시 중앙당에 출근하면서 계속해서 지역구 관리에 심혈을 기울였다.

그리고 95년, 두번째 서울시의원 선거에 도전하여 당시 경쟁상대였던 민정당 후보 모씨를 압도적으로 누르고 당선되어 의정활동을 시작하게 되었다.

나는 의정활동에 의욕과 정열을 다 쏟았다. 의정활동 중 업적을 꼽는다면 첫째, 상수도채권을 없앴다는 것이다. 상수도채권은 500억 원까지만 발행하게 되어 있었는데 1,000억 원이 되도록 계속 발행되고 있었다. 나는 시의원이 되고 첫 정기감사에서 이 문제를 제기했다. 상수도 채권은 5년 만기인데 5년간 보존하는 시민이 없고 통상 30%정도 손해를 보고 조기에 처분했다. 따라서 시민으로서는 큰 손해였다. 그런 상황에서 목표량이 넘었는데도 계속 발행한다는 것은 언어도단이었다. 나는 관련기관과 단체를 방문하며 현황을 파악하고 문제점을 제시하면서 조목조목 따졌다. 그래서 끝내 이를 폐지하게 했다. 나는 불합리한 행정을 바로 잡아 시민들에게 그만큼 경제적으로 도움을 준 것이다. 뿌듯한 보람을 느꼈다.

또, 하수도공사에 문제가 있었다. 당시 서울에서는 비굴착공법을 도입하려고 했다. 2조의 예산을 들여 서울 전역을 공사하기로 하고 이미 용산구부터 시행하고 있었다. 예산이 300억원이 투입된다는데 너무 과다하다는 생각이 들었다. 해서, 독자적으로 조사를 하였다. 토관 600mm짜리 1m 공사를 하면 보통 18만 원이면 공사를 마치는데 비굴착 공법으로 하면 78만 원이 들었다. 이 공법은 선진국에서도 겨우 3,000km 시행한 정도였다. 해서 우리 시도 시범으로 용산구만 하고, 공사 후 정밀검토를 한 후, 타당성이 있으면 그 때 가서 전역에 시행해도 늦지 않으니 단기적으로 시행할 것을 제안했다. 서울시에서는 계획을 잡았으니 안된다고 하며 말을 듣지 않았다. 그래서 4대 의회에서는 예산 배정을 할 수 없다고 했다. 그 결과 하수국장 및 공무원들과 다툼까지 생겼다. 그런데 나중에 검찰에서 어떻게 알았는지 의혹을 잡고 조사를 하니, 서울시 하수국 담당자와 공사업자가 짜고 예산이 과다하게 책정되었음이 판명되었다. 그래서 담당 국장과 3명의 공무원이 파직되었다. 나는 일을 함에 확실하게, 끝까지, 그리고 철저히 하였다.

김대중 선생, 마침내 대통령에

97년 12월 17일, 제15대 대통령선거가 다가왔다. 당시 여당이었던 한나라당은 이회창 씨를 후보로 내세웠고, 당내 경선에서 이회창 씨에게 대통령 후보를 내어준 이인제 씨가 처음의 약속을 깨고 국민신당 후보로 나섰다. 당시 이인제 씨에 대한 지지여론은 일시적이긴 했으나 상당한 수준이었다. 그러나 역시 김대중 후보와 이회창 후보 양자의 대결로 전개되어 우열을 가리기가 힘들만큼 박빙이었다.

김대중 후보는 항상 그랬던 것처럼 이번에도 상대당의 용공 음해 공작에 시달렸다. 다행히 보수성향이 대표주자인 김종필 씨와 연합하였기에 충청도권의 지지를 웬만큼 확보할 수 있었다.

이번 대선에서 처음으로 방송연설이 시도되었다. 그리고 유세도 옥외연설에서 옥내연설로 바뀌어 대중연설의 달인인 김대중 후보가 손해보는 듯했다. 그러나 TV토론에서도 역시 논리 정연하고 설득력이 있어 상대를 앞지르는 모습을 보였다.

나는 선거 초기, 후보 경선 때는 정책보좌역으로 경기도를 담당하여 일했고, 대통령 본선거 때에는 조직특보라는 직함을 갖고 충북에서 일했다. 그런데 충북 사람들의 마음을 읽을 수가 없어 애를 먹었다. 그곳 사람들은 좋고 싫다는 감정표현이 즉각적이지 않았다. 싫어도 그다지 큰 내색을 하지 않아 판단에 오류를 범하기 십상이었다.

선거가 끝나고 개표날 밤 나는 강동구의 내 사무실에서 TV

로 개표과정을 지켜 보았다. 처음에는 김대중 후보가 지고 있으니까 찾아왔던 당원들이 하나 둘 사라지기 시작했다. 나는 속으로 또 실패하는 것인가 싶어 내색도 못하고 전전긍긍했다. 그런데 11시를 넘어서면서 상황이 반전되었다. 다시 당원들이 몰리기 시작했다. 저마다 희색이 만면에 가득 차고 열기가 뿜어져 나왔다. 그간의 고생담이 무용담이 되고 말 한마디 한마디에 힘이 실렸다. 당원들이 빠져나갈 때는 치울 일이 걱정이던 그 많던 음식도 순식간에 없어졌다. 여기 저기서 건배를 외치며 술잔 부딪치는 소리도 요란했다. 승리의 기쁨이란 그런 것인지 모두들 들뜬 표정, 들뜬 목소리로 희망을 이야기했다. 나는 온몸이 뜨거운 열탕 속에 들어간 것처럼 달아올랐다. 그간의 고생스러웠던 일은 까마득히 잊고 그저 기쁨으로 충만하여 함께 뛰었던 동지들을 부둥켜 안고 펑펑 눈물을 쏟았다. 그날 밤 우리는 다가올 새로운 세상을 그리느라 뜬 눈으로 새웠다. 덕분에 내 사무실 옆 구멍가게의 매상이 많이 올라갔다.

한국자산관리공사에 가다

1999년 10월, 나는 성업공사(현 한국자산관리공사(KAMCO))

의 이사직에 부임했다. 이 회사의 주요업무는 부실채권정리, 기금의 관리와 운용, 채권관리, 자산관리 및 매각, 국유재산 관리 및 체납조세관리, 자산 유동화 등이었다. 내가 부임할 당시에는 법정 자본금이 110조원이 넘고 직원수가 1,800명에 육박하는 거대한 회사였다. 내가 하는 일은 정부 주요부처에 출입하며 업무협조를 이끌어내고, 사내에서는 기획, 인사, 예산 부서를 관장하는 일이었다.

나는 처음에는 업무에 익숙치 못해 학생이 공부하는 자세로 출근했다. 날마다 각 부처를 순회하다시피 하고 노조와도 수시로 부딪치고 협상하면서 눈코 뜰 새 없이 바쁘게 일했다. 또 외국의 실태는 어떤지 자료를 구해다가 분석해가며 연구도 했다. 틈틈이 칼럼도 써서 신문지면에 내보내기도 했다.

본 책의 원고 대부분도 그때 쓰여진 것들이다. 발표는 중앙 일간지의 지면을 할애받기 어려워 주로 지방신문에 했다.

이제 고백하지만 내가 처음 그 회사에 발령받았을 때 그곳 노조원들로부터 그리 환영받지는 못했다. 나의 사정이야 어쨌든 그 회사 노조원들에게는 소위 낙하산 인사로 비쳐졌기 때문이었다. 그러나 근무하는 3년동안 그들과 때로는 부딪치고, 때로는 어루만지며, 서로를 이해하게 되자 그 회사 어떤 간부보다 인간적으로 친숙해졌다.

나는 애당초 누구 위에 군림하는 스타일이 아니다. 상대가 누구건간에 어우러져 고락을 함께 나누는 것이 내겐 편하다. 그래서 그렇게 하기를 좋아한다. 내 자라온 환경이 귀족적이지 않았던 영향이리라.

사실 귀족적인 사람보다 서민적인 사람들이 훨씬 더 진솔하고 정답다. 한 번 깊은 정이 들면 변함이 없다. 배신하지 않는다. 지위가 높고 가진 것이 많은 사람은 그 자리, 그 재산을 지키기 위해서 타인과 적당한 거리를 유지하는 게 필요하다. 도둑 맞지 않기 위해서 담장을 높인 후 철망을 씌워야 하고, 근엄한 품위 손상당하지 않으려니 아무하고나 어울릴 수 없음이 당연하다. 그러나 그러한 삶은 완전한 삶이 아니라 삶의 한 부분만을 사는, 스스로 손해 보는 삶이다. 반가운 사람 만나면 어깨 툭툭 치며 반가워하고, 포장마차에서 꼼장어 굽는 연기에 기침도 하면서 소주도 한 잔 하고, 모르는 것 있으면 내숭떨지 않고 솔직히 묻고…… 얼마나 편안하고 너그러운 삶인가. 이런 생각으로 생활하다보니 처음에 다소 껄끄럽고 서먹하던 노조원들과도 허물 없이 대화가 이루어지고 역지사지易地思之로 서로의 사정을 이해하는 관계가 되어 업무능률도 훨씬 제고되었다. 또 정규직 직원과 계약직 직원간의 융화를 위해서 업무 외적으로 만나는 기회를 많이 만들었다. 그 일환으로 축구, 야구, 등산, 낚시, 사진 등의 동호인 모임을 만들고 예산을 배정하여 활성화시켰다. 그 결과 사원간 친목과 복지라는 두 마리의 토끼를 동시에 잡게 해주었다. 이렇게 노력한 결과 내가 있었던 3년 동안에는 이렇다 할 근 시위 한 번 없이 지나갔다. 내가 그 회사를 그만둘 무렵에는 오히려 그 노조원들이 떠나지 말라고 시위(?)하며 말렸다. 사실 나도 할 수 있다면 그들과 오래 있고 싶기도 했지만 인생이란 항상 한 곳에만 머물 수는 없는 것, 새로운 길로 나서야 했다.

가족에게

아내와 아들을 생각하면 나도 모르게 눈시울이 젖어올 때가 있다. 민주화를 위해서 거리에서 매운 최루탄가스도 마셨고, 정치가라는 이상을 실현하기 위해서 갈비뼈 부러지는 중상도 입었던 나다. 뿐인가, 감옥에도 갔다. 어찌보면 나는 무모하다 할만큼 뚝심으로 살아온 사람이다. 그런 내가 정작 아내와 아들에게는 단 두 마디 밖에 할 말이 없다.

'고맙고, 사랑한다……'고.

사실 나는 가족에게는 무심했다. 아니 무심이란 단어는 적절치 않다. 무능했다라는 표현이 맞을 것이다.

아내는 내가 정치가라는 이상을 쫓아다닐 때, 생활을 꾸리느라 고생해야 했다. 직장생활도 했고 외판원도 했다. 암을 치료하기 위해 두 번씩이나 수술도 받아야 했다. 지금은 성치 못한 몸을 이끌고 조그마한 식당을 하느라 손에 물 마를 날이 없다. 내가 월급이라는 명목으로 생활비를 조금이나마 제대로 가져다 준 것은 한국자산관리공사에서 일하기 시작할 때부터 였다. 나는 빈한한 농부의 아들이었을 뿐 갑부의 큰 아들도 아니었으니 갖은 게 별로 없었다. 그러니 아내의 고충이 어떠 했겠는가.

내 아내는 나에게만은 바보였다.

내게 와서 얻은 것도 별로 없다. 있다면 아들 하나. 그런데 요즈음은 그 아들 보고 배신자라고 한다. 아들이 어렸을 때에 는 아빠가 밖으로 나도는, 아니 떠도는 바람에 제 엄마를 따 랐으나 이제 제 아비를 이해할만큼 생각이 굵어지니까 슬그머 니 내 편이 되었다. 그래서 내 아들은 제 엄마한테는 배신자다.

사실 나는 아들에게도 잘 해주지 못했다. 민주화를 위해 투 쟁한답시고 옷에다가 최루탄 냄새나 묻혀다 주었고, 정치학습 한답시고 함께 놀아주는 시간도 제대로 할애해주지 못했다. 힘들게 공부할 때 옆에 앉아 자상하게 도와주지도 못했고, 가 족끼리 단란하게 여행 한 번 제대로 시켜주지 못했다. 지금 이 글을 쓰면서 생각하니 새삼 너무했다는 생각이 든다. 그런 데도 아들은 나를 잘 따라 주었고, 지금은 넉넉지 못한 학비 로 공부하느라고 고생이 많다.

아내도 그렇다. 이제 생각하니 나는 아내에게 별 시답잖은 주문도 많이 했다. 물건을 살 때는 백화점에서 사지 말고 동네에서 사라. 옷과 화장은 야하게 하지 말라. 행동을 조신하게 하여 주위 사람들로부터 손가락질 받지 않게 하라. 손님 접대를 소홀히 하지 말라. 생활비도 제대로 못 가져다 주면서 주문은 가당찮게 많았다. 그럼에도 그 때마다 잘 따라주었다.

뿐인가. 내가 서울시의원에 도전할 때는 대중 앞에 나서서 지지를 호소하는 유세도 해주었다. 정치가가 되기를 열망하는 남편을 가엾게 보았음인지, 아니면 본인도 그런 일에 도전하는 것이 적성에 맞는 것인지 물어본 적은 없다. 그러나 어떤 때는 나보다 더 많은 청중을 끌어 모으는 실력을 과시해서 나를 놀라게 했다.

모두 고맙다. 아내도 고맙고, 아들도 고맙다.

생각 같아서는 미안하다는 말도 함께 하고 싶지만 그 말만을 아껴 두겠다. 아니 아껴 두는 게 아니라 영원히 하고싶지 않다. 미안하다는 말 속에는 ‘무책임함’과 ‘무기력함’, 그리고 ‘포기·항복한다’는 의미가 포함되어 있다는 생각이 들어서 그렇다. 내가 무책임해서 되겠는가. 더구나 무기력해지거나 항복하고 포기한다는 것은 나 자신을 죽이는 일이요, 가족들에게서 힘과 희망을 빼앗는 것이 된다. 무한히 고맙고 또 사랑하는 가족에게 할 짓이 아니다.

누구나 잘 아는 영국의 극작가 셰익스피어가 말했다.

'사랑은 짐승을 인간으로 만들고, 인간을 짐승으로 만든다.' 사랑의 위력을 너무 잘 설명한 말이다.

나는 내 가족을 '내가 고마워 하는 만큼' 사랑하기 위해 노력할 것이다. 물질로 사랑하는 것이 아니라, 마음으로 사랑할 것이다. 물질로 사랑하는 것은 그 물질이 고갈 될 때 끝난다. 그러나 마음으로 사랑하는 것은 내가 두 발로 서 있는 한, 그래서 의식을 잃지 않는 한, 사랑할 수 있다. 나는 항상 바른 의식을, 바른 정신을 잃지 않을 것이다. 그래서 죽는 날까지 내 가족을 사랑할 것이다.

글을 맺으면서

TV 중계로 축구경기를 보노라면 각 선수의 움직이는 반경을 그래픽으로 보여줄 때가 있다.

같은 방법으로 내가 살아온 궤적을 선으로 그리면 어떤 그림이 나올까? 아마 '정치'라는 단어 주위에 실타래처럼 엉킨 그림으로 나올 것이다. 그러나 그에 대한 평가는 시간이 흐른 뒤로 미루고 지금 하고싶지 않다. 다만 내 자신에 대해서 스스로 대견스럽게 인정하는 것은 결코 갈지(之)자 인생은 아니었다는 것이다.

내가 추구해왔던 것은 한결 같이 '정치'였다. 그 하나를 위해서 다른 것들은 모두 희생시켰다. 생각만 바꾸었다면 정치 말고도 다른 일을 할 기회가 있었다. 그리 했으면 최소한 가족들의 고생만은 줄였을 것이다. 그걸 알면서도 생각을 바꾸지 못했던 것은 내 혈관으로 흐르는 타고난 체질 때문이다.

사실 인생의 후반기에 접어들면서 방향전환에 대해 심각하게 고민한 때가 있었다. 이유는 고생하는 가족들에게 미안해서였다. 그러나 그 때 포기하기에는 내가 이미 되돌아 나갈 수 없을 만큼 너무 깊숙이 정치판에 들어와 있었다.

또, 내 피는 젊은 시절에 꿈과 이상으로 삼았던 정치에 대한 욕구를 포기하지 않았다.

지금까지 내가 걸어온 대강의 자취를 살펴 보았다. 결코 화려한 행보는 아니다. 후회와 회한이 없다고 하면 거짓이고, 가슴이 아리고 아픈 부분도 있다. 그러나 그것은 누구의 생애에나 있는 것. 나만 겪는 것 아니잖은가. 중요한 것은 지금부터 내가 '어떻게 마무리 하느냐'다. 세상의 모든 과일나무가 가을에 잘 익은 열매 하나를 갖기 위해 봄, 여름 내내 쉬지 않고 물을 빨아 올리고 탄소동화작용을 하는 것 아닌가. 나의 삶도 자연의 이치에서 벗어나지 않는다. 내가 꾸어온 꿈과 이상의 정점에 오르는 것이 내게는 과일이다.

그 꿈과 이상을 산의 정상이라 한다면 그 정상을 향해 오르는 길과 방법은 저마다 다르다. 동쪽에서 오를 수도 있고 서쪽에서 오를 수도 있다. 남이 윤기나게 닦아 놓은 길로 오를 수도 있고, 스스로 새로운 길을 개척하며 오를 수도 있다. 다 좋은 방법이다. 그러나 남의 등에 업혀 오르거나 헬리콥터 타고 오르는 편법만은 안 된다. 나는 정정당당한 길을 선택할 것이다.

나는 혼자서 가끔 포장마차에서 순대국 안주에 소주를 마신다. 그러면서 내 자신의 내면을 들여다 볼 때가 있다. 그러면 내 안에서는 으레 뚝배기가 보인다.

투박하고 털털한 뚝배기……. 나는 뚝배기 체질이다.

또, 그런 스스로를 대견하게 생각한다.

유리는 깨질까 겁나고, 스테인레스는 차가워서 싫다. 흰 도자기는 반응이 너무 즉각적이어서 두렵다. 닿는 손에 때가 조금만 묻어 있어도 얄밉게 금방 드러난다. 바꾸어 말하면 포용력이 없고 상대의 잘못을 용서할 줄 모른다. 물론 실제 그릇으로는 어떤 그릇보다 위생적이어서 좋은 줄 나도 안다.

뚝배기는 변덕을 부리지 않으며 가식이 없다.

변덕을 부리지 않는다함은 의리가 있다 함이요, 가식이 없다는 것은 진솔하다는 뜻이다.

나는 이제 지금까지 물 길어 올리고 땡볕에 땀흘리며 동화작용했던 결실을 맺고자 한다. 이미 밝혔듯이 제대로 된 정치인이 되고자 한다. 그러나 정치인이라고 하면 서슷말쟁이, 부정부패한 사람의 표본이라고 생각하는 현실 속에서 내 꿈을 올곧게 펴기란 결코 쉽지 않으리란 걸 잘 인식하고 있다. 반대로 그러기 때문에 더욱 더 정치를 하고자 한다.

나 어릴 적 우리 동네 이장 아저씨는 동네의 모든 사람들로부터 환영을 받았다.

그 분은 부자보다 가난한 사람에게 더 잘 해주었다. 글 모르는 사람을 대신해서 면사무소도 가주었고, 아픈 사람에게는 약도 사다 주었으며, 일이 없어 노는 사람에게는 일손이 필요한 집에 소개시켜 품삯도 받게 해주었다. 나이 많은 분을 대신하여 시오릿길 장場도 보아다 주고, 몸이 불편하여 총각으로 늙어가는 사람을 위해 매파노릇도 해 주었다. 그 분은 믿을 수 있어서 아이들 등록금도 대신 내달라고 맡기고, 은행에서 돈을 찾아다 달라고 도장과 통장도 맡겼다.

그 분이야말로 존경받을만 하지 않은가. 정치란 그렇게 하는 것 아니겠는가!

도움이 필요한 데 도와 주고, 모르는 것 알려 주고, 없는 것 가져다 주는 사람, 신뢰하고 맡길 수 있는 사람, 그런 사람이 바른 정치인 아니겠는가!

그러면서 국민이 나아갈 바 길을 제시해 주고, 앞장서서 무거운 짐을 지고 간다면 그런 사람이 바로 훌륭한 정치인이다.

이제 그런 사람이 되기 위해 노력하련다.